D1135481

De dierenpolitie
Op zoek naar de zeehondendief

Victoria Farkas
De dierenpolitie

Op zoek naar de zeehondendief

Met tekeningen van
Els van Egeraat

moon

Lees ook van Victoria Farkas:
De dierenpolitie

Tekst © 2010 Victoria Farkas
Illustraties © 2010 Els van Egeraat
© 2010 Moon, Amsterdam
Omslagontwerp Petra Gerritsen
Zetwerk ZetSpiegel, Best

ISBN 978 90 488 0436 8
NUR 282

www.moonuitgevers.nl
www.victoriafarkas.com

Moon is een imprint van Dutch Media Uitgevers bv.

Mixed Sources
Productgroep uit goed beheerde
bossen, gecontroleerde bronnen
en gerecycled materiaal.
www.fsc.org Cert no. SGS-COC-003091
© 1996 Forest Stewardship Council
FSC

moon
Dit boek is ook leverbaar als e-book:
ISBN 978 90 488 0641 6
BOOK

Voor Jan, Rob, Coen, Bram, Fokje, Rianne, Annie, Ulla, Karien, Danny, Janne en alle andere zeehonden die in Ecomare wonen.

Inhoud

Een bonte stoet

Het was een bonte stoet die de camping op kwam lopen. Voorop liep de vader van Merel. Hij droeg de grote tent, maar dat was logisch, want hij was ontzettend groot en sterk. 'Pardon,' zei hij tegen een dikke mevrouw in een veel te klein jurkje. Ze stond midden op het smalle zandpad dat van de parkeerplaats naar het brede pad liep.

'Gut o gut, u bent een sterke man,' zei de dikke mevrouw in het veel te kleine jurkje, en haar gezicht werd knalrood.

De vader van Merel mompelde een vriendelijk goedendag en liep snel door. Nou ja, zo snel mogelijk, want de grote tent was toch wel erg zwaar en onhandig groot.

Achter hem liep de moeder van Merel. Zij hield een hoge stapel potten, pannen en Tupperware-bakjes vast. Ze leek op een acrobaat, of eigenlijk leek ze meer op een clown die deed alsof hij een acrobaat was, maar zo'n hoge stapel niet in evenwicht kon houden. Ze moest goed oppassen dat ze niets boven op de kleine Teun, het broertje van Merel, liet vallen. Die kroop luid kirrend achter zijn moeder aan. Hij had, als enige van de familie, niets bij zich, maar ook dat was logisch, want hij was pas tien maanden.

Toen kwamen Merel en Beer. Ze hielden allebei een uiteinde van de middelste tent vast, hun tent. Ze waren knalrood van de inspanning. Dikke zweetdruppels glansden als diamanten op hun voorhoofd. Het was nog een behoorlijk stuk lopen naar hun staplaats toen Merel en Beer halverwege het brede pad de billen van twee dames tegenkwamen. De billen blokkeerden het zandpad en stonden vreselijk in de weg. Aan beide kanten van de billen was het net te smal om er met een tent langs te kunnen. Hoofdschuddend keken ze de acrobatenvrouw en het kruipende jongetje na.

'Sorry, mogen we er even door?' zei Merel met haar liefste stem tegen de billen van de twee dames, waarvan de een dik en kort en de ander dun en lang was. De dames, de twee hartsvriendinnen Truus en Suus, draaiden zich tegelijk om.

'Is dat niet veel te zwaar voor jullie?' zei Truus, die dun en lang was. Ze wees op de tent.

'Nee hoor, mevrouwen. Wij zijn hartstikke sterk,' antwoordde Beer met zijn tanden op elkaar, want in werkelijkheid was de middelste tent wel degelijk te zwaar voor twee acht- – o, pardon – bijna negenjarigen. Maar Beer beet liever zijn tong af dan dat toe te geven aan deze mevrouwen die deden alsof ze deftig waren.

'En stoer,' vulde Merel snel aan.

'Ontzettend stoer,' zei Beer.

De beide vriendinnen knepen hun ogen tot spleetjes.

'Weten jullie ouders wel dat jullie zulke zware pakketten sjouwen?' zei Suus, die dik en kort was.

Beer en Merel fronsten hun wenkbrauwen.

'O, ja hoor, mijn vader zei zelf dat we allemaal iets uit de auto of de volle aanhangwagen moesten meenemen

naar onze campingplaats,' antwoordde Merel liefjes.
'Mijn ouders zijn hier net langsgelopen. U heeft ze
waarschijnlijk gemist.'

Truus staarde haar vol ongeloof aan. 'Je bedoelt die
grote, dikkige man met die veel te zware tent en dat
knalrode hoofd?'

Merel knikte. 'Dat is mijn vader.'

'En bedoel je soms die vrouw met de hoge stapel potten,

pannen en Tupperware-bakjes in haar armen?' vroeg Suus met grote ogen.

'Ja, dat is mijn moeder.'

Truus en Suus schudden afkeurend en tegelijkertijd hun hoofd.

'Ik vind het onbehoorlijk en onverantwoordelijk dat zulke kleine kinderen zulke zware pakketten sjouwen!' zei Truus.

'Wij zijn geen kleine kinderen,' mompelde Beer binnensmonds. Hij begon behoorlijk genoeg te krijgen van de twee dames.

'O, maar het is niet zomaar een pakket, mevrouw. Het is de middelste tent,' antwoordde Merel. Ze verschoof de tent in haar handen van links naar rechts. De tent begon nu toch wel erg zwaar te worden en ze hoopte dat de twee deftige mevrouwen niet nog meer vragen zouden stellen.

Maar helaas, Merel en Beer waren de twee nieuwsgierigste gasten van de hele camping tegengekomen. Truus en Suus waren niet van plan hen te laten gaan zonder het naadje van de kous te weten. Ze stonden al behoorlijk in de weg, maar nu gingen de twee dames helemaal in de weg staan. Wijdbeens nog wel.

'Middelste tent? Middelste tent? Wat bedoel je daar nou weer mee, jongedame?' vroeg Truus pinnig. Ze keek Merel streng aan.

'Wij slapen in de middelste tent, mevrouw. Mijn ouders en mijn broertje slapen in de grote tent. En Dappere Dodo en Brok slapen in de kleine tent.'

'Ah, juist ja!' zeiden Suus en Truus in koor, op een manier alsof ze precies begrepen wat Merel bedoelde. Maar in werkelijkheid snapten ze er geen snars van. Veel volwassenen doen namelijk vaak alsof ze dingen begrijpen terwijl ze er in werkelijkheid niets van begrijpen, zoals deze twee dames.

'Ik vind Dappere Dodo en Brok maar rare namen voor een kind,' zei Suus tegen Truus. Die knikte instemmend. En ook Merel knikte. 'Ik ook, mevrouw. Maar als u het niet erg vindt dan lopen Beer en ik verder, want de tent begint nu toch wel een beetje zwaar te worden.'

'En Beer vind ik ook een rare naam voor een kind,' zei Truus, waarna de twee vriendinnen gelukkig allebei een paar stapjes opzij deden. Truus naar links en Suus naar rechts.

'Grom,' zei Beer alleen maar toen hij tussen de twee vriendinnen door stapte. Ze slaakten een gilletje, waarna ze tegen elkaar schande spraken over de jeugd van tegenwoordig en over ouders die hun kinderen zware pakketten lieten dragen, alsof dat de gewoonste zaak van de wereld was.

Het waren ten slotte Dappere Dodo, de hond van de hele familie, en Brok, de hond van Merel en Beer, die de bonte stoet sloten. Eigenlijk was Brok de hond van Beer, maar omdat zijn moeder niet van dieren hield – ze vond dieren vies, smerig, vuil, onsmakelijk, goor en ongemanierd – woonde Brok bij Merel. Heel erg was dat niet, want Merel en Beer waren heel dichte overburen van elkaar. Als Merel in haar kamer op de vierde verdieping stond, kon ze in de kamer van Beer kijken.

In hun bek hielden Brok en Dappere Dodo allebei een zakje met tentharingen vast. Het kwijl droop aan beide kanten naar beneden, terwijl hun staarten dolenthousiast heen en weer zwiepten.

De familie van Merel was zo'n bezienswaardigheid dat

13

bijna alle campinggasten nieuwsgierig hun tent of caravan uit liepen om poolshoogte te nemen.

'Ah, jullie staan onder de oude eik, mooie plek. Welkom,' groetten de buren aan de linkerkant hen.

'Welkom,' zei ook de buurman aan de rechterkant. Hij
was gekleed in een nette korte broek en een stijf gestreken streepjesoverhemd. Hij was de enige die de ouders van Merel een hand kwam geven.

'Henk de Graaf, maar noem me maar Henk,' stelde hij
zichzelf voor. 'Ik ben gisteren aangekomen. Alleen. Mijn
vrouw en kinderen hadden geen zin om mee naar de
camping te gaan. Nou, zei ik tegen ze, dan moeten jullie het zelf maar weten, dan ga ik wel alleen. En ik kan
u vertellen – nee, verzekeren dat ik toen mijn koffers
heb gepakt en hier met mijn camperbusje naartoe ben
gereden. En weet u wat nou het mooie is?'

De ouders van Merel en Merel en Beer schudden hun
hoofd. Ze hadden geen idee wat het mooie was.

'Nu bellen ze me bijna ieder uur, omdat ze toch willen
komen. Of ik ze even op wil halen. Kijk, en dat doe ik
niet.'

Weer schudden de ouders van Merel en Merel en Beer
hun hoofd.

'Ik ben toch zeker gekke Henkie niet?' zei Henk, waarna hij in een luid gegrinnik uitbarstte, met hier en daar
een knorachtige uitschieter.

'Hij lacht als een varken,' fluisterde Beer in het oor van
Merel.

Merel begon zachtjes te giechelen.

'Mijn moeder zegt altijd dat mannen die als een varken
lachen iets te verbergen hebben,' zei Beer met een serieus gezicht.

'Ja, maar dat zegt jouw moeder waarschijnlijk van alle dierengeluiden.'

Beer lachte bij de gedachte aan zijn moeder en dierengeluiden.

'Waar komt die heerlijke lucht vandaan?' vroeg de moeder van Merel. Ze stak haar neus in de lucht, waarna de rest haar voorbeeld volgde.

Henk wees in de richting van een enorme tent. De ronde, kleurige riddertent was zeker zevenenhalf keer groter dan de grote tent van de ouders van Merel. 'Dat is de tent van de chef-kok en zijn zoon.'

Ingestorte kaassoufflés

'O, wat leuk!' zei Merels moeder terwijl ze in haar handen klapte. 'Ik heb nog nooit een chef-kok ontmoet.'
'Mijn vrouw houdt erg van koken,' legde Merels vader uit en hij wees op de stapel potten, pannen en Tupperware-bakjes.
Henk knikte. 'Ja, zoiets vermoedde ik al.'
'Als ik tijd heb, ga ik zeker even kennismaken met de chef-kok. Misschien kan hij me tips geven voor een goede kaassoufflé. Die van mij mislukken altijd.'
'Vertel mij wat,' bromde de vader van Merel zachtjes, maar Merels moeder had het gehoord en gaf hem een plagerige klap.
'Weet je hoe moeilijk het is om een goede kaassoufflé te maken zonder dat hij instort zodra je de oven opendoet?'
De vader van Merel keek zijn vrouw met grote ogen aan. 'Wat vertel je me nu? Hoort een kaassoufflé dan niet ingestort geserveerd te worden?'
Merels moeder grinnikte.
'Ik ben de tel kwijtgeraakt, zoveel van haar kaassoufflés zijn ingestort,' zei Merels vader tegen Henk, die deze keer schaapachtig lachte.
'Ik geloof niet dat mijn vrouw ooit een kaassoufflé heeft gemaakt,' zei Henk nadenkend.

'Wat een geluk voor jou! Ik krijg altijd platte stukjes kaassoufflé.'

'Die hij maar al te lekker vindt,' zei Merels moeder en ze klopte op de enorme buik van haar man. Glimlachend legde hij zijn arm om haar schouders.

'Maar als het zo moeilijk is, dan maakt u toch gewoon iets anders?' vroeg Henk.

'Zullen we even bij de tent van de chef-kok gaan kijken?' vroeg Merel aan Beer. 'Dit kaassoufflégesprek kan nog wel even duren.'

Beer knikte.

'Dappere Dodo, Brok, jullie blijven hier,' zei Merel met haar strengste stem. Met hun tong uit hun bek keken de honden haar aan. 'Nee, ik meen het. Blijf! Jullie kunnen echt niet mee naar de tent van een chef-kok!'

Merel en Beer liepen weg van de campingplek, direct gevolgd door een kwispelende Dappere Dodo en Brok.

'Brok, blijf!' zei Beer tegen zijn hond.

'Dappere Dodo, blijf!' zei Merel tegen haar hond.

Braaf gingen de honden zitten, maar zodra Merel en Beer verder liepen, sprongen ze op en liepen ze luid hijgend achter hen aan.

'Pa-hap!'

'Dodo, Brok, hier komen, nu!' klonk de zware, strenge stem van Merels vader. Dappere Dodo en Brok draaiden zich meteen om en renden naar Merels vader toe, die ze over hun kop aaide en een beloning gaf.

Merel en Beer maakten dat ze wegkwamen, voordat Dappere Dodo en Brok van gedachten veranderden.

Even later stonden ze voor de grote riddertent.

'Zou het soms een ridder-chef-kok zijn?' grapte Beer,

die, behalve de tent van Merels ouders, nog nooit van zijn leven zo'n grote en aparte tent had gezien.

Merel grinnikte.

Voor de tent stonden wel tien keurig gedekte tafeltjes en stoelen. Op ieder tafeltje stond een vaasje met vers geplukte bloemen. Op de borden met een gouden randje lagen kaartjes.

'In het Bijzondere Dier en Zoon – de campingeditie,' las Beer hardop voor. De naam van het restaurant was er in sierlijke gouden krulletters op geschreven.

'Grappige naam voor een restaurant,' mompelde Merel.

De voortent stond wagenwijd open. Merel en Beer keken naar binnen.

'Wauw, het is een keuken,' zei Beer.

'Deze tentkeuken is groter dan onze keuken thuis,' zei Merel onder de indruk.

'Is daar iemand?' riep Merel naar binnen, maar na enkele tellen had er nog steeds niemand geantwoord.

Daar kwam de heerlijke geur weer voorbijdrijven.

'Durf jij naar binnen te gaan?' vroeg Merel.

'Waarom zou ik naar binnen willen?' antwoordde Beer. 'Jij wilt toch ook weten wat de chef-kok aan het maken is?'

Als antwoord knorde Beers maag.

'Er zit een varken in je buik,' zei Merel lachend. 'Pas maar op dat je moeder jou straks ook niet vertrouwt.'

'Knor, knor,' antwoordde Beer alleen maar en hij zette zijn voet in de voortent.

'Volgens mij komt die lucht uit de oven,' fluisterde Beer, en daar ging zijn volgende voet al naar binnen.

Merel liep achter hem aan de voortent in. Met open mond keken ze rond. Aan weerskanten stonden grote fornuizen en een oven. Er was een aanrecht met een kraan en een spoelbak, en overal stonden pannen, servies en voorraadpotten die tot bovenaan gevuld waren met rijst, pasta, abrikozen, pruimen en andere lekkernijen. Er stonden wel tien verschillende keukenmachines, zes maatbekers en vier koffiezetapparaten, en toen Merel de snijplanken telde die op elkaar gestapeld lagen, kwam ze tot vierentwintig.

Op een kleine, wankele plastic campingtafel in het midden van de tentkeuken stonden schalen met beslag, een open doos met eieren, twee pepermolens en wel tien keurige mandjes met daarin appels, peren, wortels, bananen, uien, sinaasappelen, aardappelen en druiven. Naast de mandjes lagen twee grote watermeloenen en stonden verschillende potjes met verse kruiden, zoals peterselie, basilicum, munt en bieslook. Hier en daar hingen knoflookstrengen aan haken.

Aan stangen die aan de tent bevestigd waren, hing al het keukengerei dat een chef-kok nodig had: pollepels, een set messen, die zo te zien vlijmscherp waren, een garde, vleesvorken, aardappelschilmesjes en nog een heleboel spullen waarvan Merel en Beer geen idee hadden waarvoor ze gebruikt werden.

In de enige kast die in de voortent aanwezig was, stond al het servies, de glazen, de kopjes en schoteltjes.

Diep onder de indruk en zo voorzichtig mogelijk om niets om of aan te stoten, en zeker de propvolle, wankele campingtafel niet, liepen Merel en Beer naar achteren. Voor de oven knielden ze en keken door het raampje naar binnen.

'Het is een taart,' zei Merel lekkerbekkend.

'En een cake,' zei Beer smakkend.

19

'En nog een taart.'

'En nog een cake. Ik heb nog nooit zoveel taarten en cakes in een oven gezien,' zei Beer. Het water droop uit zijn mond. 'Ik zou daar best een stukje van lusten.'

Merel kon geen genoeg krijgen van de taarten en cakes in de oven. Ze roken ook zo ontzettend lekker. 'Waar zou de chef-kok zijn?'

'Zou hij ons een stukje geven?' vroeg Beer zich hardop af en hij likte met zijn tong over zijn lippen.

'Misschien als we het heel lief vragen,' antwoordde Merel zuchtend. 'O, wat ruikt dat lekker.'

En precies op dat moment stormden Brok en Dappere Dodo de voortent binnen. Ook zij waren de heerlijke geur met hun meganeuzen gevolgd. Zodra ze hun baasjes in de gaten kregen, gingen hun staarten sneller kwispelen en begonnen ze hard te blaffen.

'O jee,' zei Merel.

Dodo en Brok waren zo enthousiast om Merel en Beer weer te zien dat ze met een noodgang op hen af renden.

'Dodo, af!' riep Merel met grote ogen.

'Brok, zit!' riep Beer met een beetje paniek in zijn stem.

Maar Dodo en Brok stopten niet. In hun enthousiasme stootten ze de campingtafel omver, voordat ze boven op Merel en Beer doken. Het witte tafeltje viel met een luide klap op de grond, gevolgd door de schalen met beslag, de pakken meel en bloem, en de mandjes met appels, peren, wortels, bananen, uien, sinaasappelen, aardappelen en druiven. Ook de potjes met verse kruiden vlogen door de lucht. Met grote en kleine bogen viel alles op het tentzeil en op Merel en Beer. Ten slotte de eieren, die keurig een voor een op de grond en – o, jee – ook op de hoofden van Merel en Beer kapotvielen.

Merel en Beer zaten onder het beslag, het meel, de bloem, rozijnen en eieren. Er zat zelfs een wortel in het haar van Merel. Ze zagen er niet uit.
'Dodo,' riep Merel boos.
'Brok,' riep Beer nijdig.
Maar Dodo gaf Merel een lik. En Brok snuffelde aan de bloem en moest toen hard niezen.
Merel keek verschrikt om zich heen. Ze slaakte een

diepe zucht. Wat nu? Het was een ravage. Alles zat onder een dikke, witte laag meel. De voortent was veranderd in een sneeuwlandschap.

Dodo en Brok liepen intussen met witte poten en snuffelend, nog altijd op zoek naar iets lekkers, naar buiten. 'O, o!' zei Beer alleen maar.

'O jee. Ik denk dat we moeten opruimen.' Merel veegde met haar handen een hoopje meel bij elkaar. Ze wilde een begin maken met het schoonmaken van de tentkeuken, maar het maakte niet uit: het bleef één grote, kleverige puinhoop. Ze zuchtte diep. Wat moesten ze nu doen? Ze konden toch moeilijk gewoon weglopen en doen alsof zij er niets mee te maken hadden? Maar een ontmoeting met de chef-kok zag ze ook niet echt zitten. Die zou wel woedend zijn.

Beer stond op. Een stofwolk meel dwarrelde van zijn kleren. In de hoek van de tentkeuken zag hij een bezem staan. Langzaam liep hij erheen. Hij moest voorzichtig lopen om niet boven op een ei te stappen en uit te glijden.

Merel wilde ook opstaan, toen ze tussen het fornuis en de oven iets zag liggen. Zonder erbij na te denken stak ze haar arm ertussen en pakte het. Het was een schrift. 'Recepten,' stond er in sierlijke letters op geschreven. Het waren dezelfde gouden krulletters als op de kaartjes. Nieuwsgierig sloeg ze het schrift open. Ze fronste, want de eerste pagina was leeg. Snel bladerde ze verder, maar ook op de volgende bladzijden stond helemaal niets. De pagina's waren smetteloos wit en vooral heel erg leeg. Vreemd, dacht Merel. Wat doet een chef-kok met een leeg receptenschrift? Of zou het soms een nieuw schrift zijn?

'Wel alle grutten bij elkaar,' bulderde ineens een harde stem door de voortent.

Merel en Beer krompen ineen. Daar had je de poppen aan het dansen, of in hun geval de chef-kok. Maar hij danste niet. Kwaad en met een paars gezicht keek hij naar de twee, die hem in het midden van een enorme ravage met grote ogen en een enorm schuldgevoel aanstaarden. 'Dit is toch zeker niet te geloven!'

Wortel-rozijnen-hazelnotentaart

'Ik...' begon Merel, maar haar stem stokte in haar keel.
'Wij...' zei Beer, maar ook hij kwam niet veel verder.
'Ho, stop, niet praten! Je ziet er fantastisch uit!' riep de chef-kok ineens enthousiast naar Merel. Die keek de man met de enorme snor en de scheve koksmuts op zijn hoofd met grote ogen aan.
'Dat ik daar nooit eerder aan heb gedacht. Magnifiek.' De chef-kok maakte sprongetjes in de lucht. Vertwijfeld keek Merel naar Beer, maar die haalde zijn schouders op.
'Wortel...' mompelde de chef-kok. 'Rozijnen... noten... ja, zeker noten, maar wat voor noten?' De chef-kok ijsbeerde voor de tent terwijl hij aan het bedenken was wat voor noten hij kon gebruiken. Ondertussen durfden Beer en Merel zich nauwelijks te verroeren.
'Ah... ik weet het... hazelnoten natuurlijk. De combinatie van rozijnen, wortels en hazelnoten is perfect. Dan moet ik alleen nog een geheim ingrediënt bedenken, zodat iedereen zijn vingers erbij aflikt.'
Weer ijsbeerde de chef-kok voor de ingang van de enorme tent. Merels neus kriebelde. O nee, ze moest niezen. Ha... ha... Snel kneep Merel haar neus dicht. Soms hielp dat.
'Eureka, ik heb het. Het geheime ingrediënt is...'

Precies op dat moment toeterde Merel keihard een *tsjoeeeeee*. Een enorme wolk meel dwarrelde door de tent, waardoor ook Beer, die nog steeds aan de andere kant van de voortent stond, keihard moest niezen.

Verward keek de chef-kok op uit zijn geheime-ingrediëntgedachten. Door de wortel op Merels hoofd, die hem op het idee van de wortel-rozijnen-hazelnotentaart had gebracht, was hij de enorme puinhoop in zijn tent en die twee dekselse kinderen helemaal vergeten. Zijn gezicht kleurde van rood naar dieppaars. 'Wel potverdikkie, jullie hebben er een flinke puinhoop van gemaakt.' De chef-kok keek hen met strenge blik om de beurt aan. 'Nou? Wat hebben jullie daarop te zeggen?'

'Eh... ik...' begon Merel aarzelend.

'W-w-w... wij....' stotterde Beer.

'Nou, nou, nou, wat zijn we weer spraakzaam. Eerst in mijn tent inbreken en dan met een mond vol tanden staan, zeker!'

'Maar... maar... meneer, we hebben helemaal niet in uw tent ingebroken,' stamelde Beer zachtjes. 'Uw tent stond wagenwijd open.'

Er verscheen een voorzichtige glimlach rond de mond van de chef-kok. De dieppaarse kleur en zijn boosheid namen in felheid af. 'Twee welopgevoede kinderen. Ik hou ervan als kinderen me met u aanspreken.'

'Eh... meneer de chef-kok... het rook zo lekker in uw tent... en toen...' begon Merel onzeker.

'En toen... wilden wij weten waar die lekkere geur vandaan kwam... en toen...' ging Beer verder.

'En toen... stonden we ineens midden in uw tent... en...' vertelde Merel terwijl ze een klonter van het een of ander uit haar oor peuterde.

'En voor we het wisten, zaten we voor uw oven en zagen we uw prachtige taarten en cakes...' besloot Beer het verhaal en hij snoot een wolkje meel uit zijn neusgaten.

'Prachtige taarten en cakes zei je?' De chef-kok zette zijn koksmuts recht. De kleur van zijn gezicht werd langzaam weer normaal.

Merel haalde opgelucht adem en ook Beer zuchtte diep. Tegelijkertijd benadrukten ze in koor: 'Ja, práchtige taarten en cakes!'

De chef-kok glom van trots. 'Als jullie willen, mogen jullie straks wel een stukje proeven. Ik heb een noten-karameltaart, een appel-bramen-kruimeltaart, een bananen-kokoscake en een kleine hazelnootcake met speculaas. Zie je, mijn zoon houdt erg van zoet en omdat hij vanmorgen niet kon kiezen, heb ik ze alle vier maar gebakken. En nu heb ik het prachtige idee om een wortel-rozijnen-hazelnotentaart te bakken. Dankzij jou!'

Hij keek Merel daarbij aan. Merel bloosde heftig.

'Zeg, maar wat doe jij met mijn receptenschrift?' vroeg de chef-kok, terwijl zijn blik op het schrift in Merels hand gericht was. Zijn gezicht werd ineens weer gevaarlijk paars.

'Eh... ik... het lag tussen de oven en het fornuis. Ik dacht dat het gevallen was en heb het opgeraapt.'

'Zo, dacht je dat? Is het niet bij je opgekomen dat ik het daar misschien verstopt heb?'

'Ik... eh... nee, niet echt.'

'Hmm, misschien moet ik dan op zoek naar een betere verstopplek. Je weet toch wel dat receptenschriften van chef-koks strikt geheim zijn?'

'Maar er staat helemaal niets in,' zei Merel verwonderd.

'Juist ja, je hebt er dus ook al in zitten neuzen. Mooi is dat!'

Merel kromp ineen. 'Sorry,' zei ze zachtjes. 'Het was niet mijn bedoeling... echt niet. Het gebeurde gewoon. Mijn moeder houdt namelijk heel erg van koken en ik dacht... ik dacht...'

'Ja, wat dacht je?' onderbrak de chef-kok Merel ongeduldig. Hij keek haar gevaarlijk streng aan.

'Ik hoopte dat er een recept van een kaassoufflé in stond,' antwoordde ze zachtjes.

'Een kaassoufflé? Maar dat is zo makkelijk! Daar heb ik helemaal geen recept voor nodig.' Hup, en daar verdwenen de gevaarlijk strenge blik en de paarse huidskleur weer als sneeuw voor de zon.

'Maar mijn moeder wel. Haar kaassoufflés mislukken altijd.'

'Breng me onmiddellijk naar je moeder! Dan zal ik het haar stap voor stap uitleggen,' riep de chef-kok uit.

'Nu? Meteen?'

'Ja, waarom niet?'

Merel keek om zich heen. 'Moeten we niet eerst opruimen?'

'Ach joh, laat maar. Zo ziet mijn keuken er altijd uit nadat ik gekookt heb. Maak je geen zorgen, ik ruim het straks wel op.'

'Écht?' vroeg Beer.

'Echt! Daarom was ik ook niet werkelijk boos op jullie. Ik speelde het alleen maar.'

'Nou, dan kunt u goed toneelspelen. Ik geloofde dat u echt kwaad was,' zei Beer verbijsterd.

De chef-kok glimlachte en maande hen om met hem mee te komen. Beer zette de bezem tegen het aanrecht en liep de tent uit, waarna Merel, met het receptenschrift nog in haar hand, volgde. Bij de ingang gaf ze het schrift aan de chef-kok. Diep zuchtend nam hij het aan en stak het in de zak van zijn enorme kookschort. 'Dit lege schrift is de reden waarom ik met mijn zoon naar Texel gekomen ben. Ik ben al een tijdje op zoek naar nieuwe recepten, maar ik heb geen inspiratie meer. Ik hoop hier nieuwe ideeën te vinden.'

'U heeft helemaal geen ideeën?' vroeg Beer.

'Geen enkel idee,' zei de chef-kok spijtig.

'Ik weet alleen maar dat de z aan de beurt is.'

Merel en Beer keken hem vragend aan. 'De z?'

Maar de chef-kok kwam niet aan een antwoord toe. Tijdens hun wandeling over de camping hadden ze nogal wat bekijks. Maar dat was logisch, want Merel en Beer leken meer op oliebollenbeslag dan op twee kinderen. Iedereen bemoeide zich met hen.

'Wat is er gebeurd?' wilde de dikke vrouw in het veel te kleine jurkje weten.

'Nog geen uur op de camping en nu al in de problemen,' zei een zuur kijkende vrouw.

'Hemeltjelief,' zei de vader van Merel toen hij zijn dochter, de buurjongen en de chef-kok aan zag komen.

'Dag meneer, ik geloof dat deze twee oliebollenkinderen bij u horen?'

'O jee, nee toch?! Zitten onder die beslaglaag echt mijn dochter en Beer?' zei de moeder van Merel geschrokken.

Teun begon hard te huilen, want hij herkende zijn zus en Beer natuurlijk niet en dacht waarschijnlijk dat het twee spoken waren.

'Wat is er gebeurd?' vroeg de vader van Merel aan de chef-kok.

'O, slechts een piepklein ongelukje,' antwoordde de chef-kok met een flinke knipoog naar Merel en Beer. 'Alleen ben ik bang dat deze twee wel even flink gewassen moeten worden.'

Merel en Beer grijnsden alleen maar.

'Wat een bijzonder mooie tent hebt u trouwens,' zei de chef-kok.

'Dank u,' zei de vader van Merel, die de tent in de afwezigheid van Merel en Beer in een razend tempo had opgezet. 'Ik heb hem op een van mijn reizen in Marokko gekocht, ver voor de geboorte van Merel en al helemaal ver voor de geboorte van Teun.'

'Zo te zien is het een echte, met de hand gesponnen en geweven bedoeïenentent van schapenwol.'

'Ah, u hebt er verstand van,' zei Merels vader glunderend, want de negen meter brede tent was zijn trots. De bedoeïenentent had maar één ruimte, waarin alles gebeurde: slapen, koken, spelletjes spelen, de krant of een boek lezen, eten en drinken. Boven op het zeil dat de moeder van Merel op de grond had neergelegd, lagen tapijtjes in alle kleuren en groottes. Merels moeder had hem als een Arabisch *Duizend-en-een-nachtsprookje* ingericht. Er stonden lage zes- en achthoekige tafeltjes met daarbovenop ronde zilveren dienbladen, waarop ze dikke, gekleurde kaarsen had gezet. Op een ander tafeltje stond een enorme fruitschaal die vol met fruit zat.

'Och, dat valt wel mee,' zei de chef-kok. 'Ik heb meer verstand van koken.'

'Dat vermoedde ik al,' zei Merels moeder glimlachend en ze wees op de koksmuts en het kookschort van de chef-kok.

'Reinardt van der Ree is de naam,' stelde de chef-kok zich voor en hij gaf eerst Merels vader en daarna Merels moeder een stevige hand.

'Thomas Houtsma! En dit is Ingrid Houtsma, oftewel mijn vrouw.'

'Ah, van de kaassoufflés.'

De moeder van Merel fronste haar wenkbrauwen.

'Uw dochter was zo aardig om mij van uw kaassoufflé-probleempje te vertellen. Kom, dacht ik, ik ga die arme vrouw eens stap voor stap uitleggen hoe je het best een goede kaassoufflé kunt maken. Als je eenmaal weet hoe het moet, is het heel simpel.'

'Dat is bijzonder aardig van u,' zei Merels moeder. 'Wilt u iets drinken?'

'Nou, heerlijk.'

'Ik heb zelfgemaakte limonade.'

'Verrukkelijk,' zeiden de chef-kok en Merels vader.

'Ik ga eerst dat meel uit mijn oren en neusgaten wassen,' zei Beer.

'Ik ga met je mee.'

Samen liepen Beer en Merel naar het grote douchegebouw dat ergens midden op de camping moest staan.

Grote schoonmaak

Merel en Beer wilden net het douchegebouw binnen-
lopen, toen ze werden opgeschrikt door een hels kabaal.
Geschrokken draaiden ze hun hoofd om in de richting
van het lawaai. Het waren Truus en Suus, die aan kwa-
men stormen.
'O, o, o, de jeugd van tegenwoordig denkt alles maar te
kunnen doen,' zei Suus.
'Meekomen...' zei Truus en ze pakte Merels oor en
kneep er hard in.
'Allebei...' zei Suus en ze pakte Beers oor en kneep er
nog harder in.
'Au,' riep Merel.
'Au,' riep Beer.
'Het moet maar eens afgelopen zijn,' zei Truus en ze
trok Merel met zich mee. 'Dit is een nette camping!'
'En dat willen we graag zo houden!' zei Suus, die achter
Truus en Merel aan liep terwijl ze Beer met zich meetrok.
'Maar we waren op weg naar de douche,' riep Merel te-
vergeefs, want de twee hartsvriendinnen luisterden niet
naar haar. Als die twee iets in hun hoofd hadden, was
daar niets tegen in te brengen, ook het verontwaardigde
geroep van Merel niet. Ze hadden een missie. Een schoon-
maakmissie.

'Eén uur op deze nette camping en nu al laten deze jongelieden een spoor van vernieling achter,' mopperde
Truus verontwaardigd.

'Rotzooi...' deed Suus er een schepje bovenop.

'Smerigheid... bah,' wist Truus nog te melden.

'Au,' riepen Merel en Beer nog maar eens in koor.

En weer ging een bonte stoet de camping over. Weliswaar een kort stukje, want de bonte stoet liep meteen
de duinen in, die naast de camping lagen. Kordaat liepen Truus en Suus voorop, met ieder een smerig kind
aan een oorlel. Direct gevolgd door de dikke vrouw met
de te kleine jurk, die toevallig in de buurt was, een ouder
echtpaar in joggingpak, een oude man, en nog wat campinggasten die door het kabaal uit hun dagelijkse dingen waren opgeschrikt en een kijkje kwamen nemen.

Truus en Suus hadden stevig de pas erin en Merel en
Beer moesten moeite doen om hen bij te houden. Ze
hadden bijna geen gevoel meer in hun oorlellen, waar-
aan de twee deftige dames hen vasthielden.

'Waar gaan we naartoe?' wilde Merel weten.

'Dat zul je wel zien,' antwoordde Truus.

'Wat gaan we doen?' vroeg Beer.

'Ook dat zullen jullie wel merken,' zei Suus met een bozige blik.

In de verte ruiste de zee. De grond onder hun voeten
voelde ineens zachter. Het was zand. Merel en Beer
moesten nog meer hun best doen om de twee hartsvriendinnen te volgen. Ze waren op het strand. Zigzag-
gend gingen Truus met Merel en Suus met Beer langs
de zonnebadende en nietsvermoedende toeristen.

'Hé, kijk uit waar je loopt,' riep een vrouw boos. Haar
man had haar net van top tot teen ingesmeerd met

33

zonnebrandcrème. Het opstuivende zand plakte op haar lichaam.

'Hé, ik krijg allemaal zand op mijn handdoek,' klaagde een andere vrouw boos.

'Dan moet u maar niet op een strand vol zand gaan liggen,' zeiden Truus en Suus. Ze lieten zich niet van de wijs brengen en beenden stevig door, gevolgd door de bonte stoet campinggasten die geen seconde van dit spektakel wilden missen. Zoiets was nog nooit op hun camping gebeurd.

'Au,' zei Merel nog een keer.

'Au,' zei ook Beer nog een keer, maar de dames hoorden het niet en liepen door. Dwars door een megagroot kasteel.

'Hé, mijn kasteel met een slotgracht, twee ophaalbruggen en vijfentwintig torens!' riep een meisje kwaad.

Truus en Suus bleven een ogenblik staan. 'Wat een regelrechte onzin. Ben jij niet veel te oud voor een kasteel met een slotgracht, twee ophaalbruggen en vijfentwintig torens?' Truus keek streng op het meisje neer.

Merel moest Truus wel een beetje gelijk geven, hoewel ze liever haar tong af zou bijten dan dat toegeven. Merel schatte dat het meisje ongeveer net zo oud was als zij. Ze had een goudkleurig badpak aan.

'Vraagt u dat maar aan mijn bediende! Die heeft het kasteel voor me gebouwd,' zei het meisje. 'Alsof ik een kasteel zou bouwen! Ik kijk wel mooi uit.'

De bediende over wie het meisje sprak, zat op zijn knieën voor het zandkasteel. In zijn hand hield hij een emmertje. Beteuterd keek hij naar zijn instortende kasteel.

'Fijn dat er nog kinderen zijn die u tegen ouderen zeggen,' zei Truus fijntjes.

'En wat zeggen we dan?' vroeg Suus aan Merel en Beer.
Die hielden hun hoofd – voor zover dat mogelijk was –
schuin en keken haar vragend aan.
'Wat zeg je als je door iemands zandkasteel met een

slotgracht, twee ophaalbruggen en vijfentwintig torens
gelopen bent?' hielp Truus Merel en Beer een handje.
'Ja, wat zeg je dan?' Het rijke meisje ging met haar
benen wijd staan en keek Merel en Beer uitdagend aan.
'Wij kunnen daar niets aan doen,' riep Merel fel. 'Zij
trekken ons mee aan ons oor over het strand.'
'Waarom?' wilde het rijke meisje weten.
'Jongedame, heb je soms doperwtjes in je ogen?' vroeg
Truus boos.
'Heb je niet gezien hoe smerig deze smeerlappen zijn?'
zei Suus ontsteld.
'Jij bent tenminste een schoon en fatsoenlijk meisje, dat
waarschijnlijk ook nog eens goed is opgevoed,' zei Truus
tegen het meisje.
Het meisje knikte.
'Dat zie je zo,' vulde Suus
Truus tevreden aan. 'Prachtig gouden badpak heb je aan.'
'Laat ons los,' riep Beer hard en hij
probeerde zich los te wurmen.
'Geen sprake van. Excuses maken aan de
bediende van deze jongedame.' Truus en
Suus keken Merel en Beer boos aan.
'Waarvoor moet ik sorry zeggen? Ik
heb niets verkeerds gedaan,'
zei Merel. Ook zij was
boos. Op Truus. Op Suus,
en op dat stomme kind met
haar bediende die een zandkasteel met een slotgracht, twee ophaalbruggen en vijfentwintig torens voor haar gemaakt
had. Zielig, hoor!

'Ik ook niet!' Uitdagend keek Beer het meisje aan.

'Ik eis een excuus,' zei het meisje. Ze had haar armen over elkaar geslagen.

'Kun je lekker vergeten,' riep Merel en ze stak haar tong naar haar uit.

'Ook dat nog!' klaagde Truus diep zuchtend.

'Wij hebben hier met een stel brutale apen te maken, Truus,' zei Suus hoofdschuddend.

'Ik eis dat jullie mijn zandkasteel repareren,' gilde het meisje stampvoetend.

'Het is jouw zandkasteel helemaal niet,' zei Beer narrig. Merel grinnikte. 'Vraag maar aan je bediende.'

Beer lachte. Maar het lachen verging hem snel, want Suus trok alweer aan zijn oorlel. 'Meekomen allebei! Stelletje ondankbare jongelieden.'

En daar gingen ze weer. Over handdoeken, langs parasols en windschermen, dwars door diep gegraven kuilen en over de zandbergen naast die kuilen.

'Dat was nog eens een keurig meisje,' zei Truus goedkeurend.

Merel snoof van verontwaardiging. Wat je een keurig meisje noemde! Ze hoopte maar dat ze haar nooit meer tegen zou komen.

Beer slaakte een diepe zucht.

De bonte stoet achter hen werd steeds langer, want alle badgasten stonden van hun handdoek op en liepen mee om te zien wat er aan de hand was met die twee deftige dames en de twee smerige kinderen. Als een slang kronkelde de stoet over het strand.

Kordaat stapten de dames de zee in. Ze liepen net zo lang tot het zeewater tot hun knieën reikte. Pas toen stopten Truus en Suus. Maar nog altijd hielden ze de oorlellen van Merel en Beer stevig vast. De bonte stoet was inmiddels ook tot stilstand gekomen. Iedereen hield zijn adem in.

'Viezigheid moet vooral meteen schoongemaakt worden,' riep Truus verontwaardigd. Ineens liet ze de gloeiende oorlel van Merel los. Ze deed het zo abrupt dat Merel haar evenwicht verloor en in het water viel. Ze ging kopje-onder. En even later ging ook Beer kopjeonder, want Suus had de knalrode oorlel van Beer eveneens losgelaten.

'Zo, dat is ook weer opgelost,' zei Suus en ze knikte tevreden naar haar beste vriendin. Die wreef in haar handen.

Ze draaiden zich om en liepen druk babbelend de zee uit. Ze werden gevolgd door tientallen ogen.

'Wat zullen we doen?' vroeg Suus.

'Laten we eerst droge kleding aantrekken en daarna een eindje gaan fietsen,' stelde Truus voor.

Truus en Suus knikten tevreden en voordat iemand iets kon zeggen, waren de twee deftige dames verdwenen.

Ontzet draaide iedereen zijn hoofd weer terug naar de zee, waar twee drijfnatte kinderen als twee aangespoelde zeehondjes lagen te spetteren.

Een paaltje en Texelse zeemonsters

'Dat waren Truus en Suus zeker!' zei een van de badgasten. 'Die hebben altijd wat. Niets van aantrekken, hoor.'
'Ik ken ze ook. Ze doen gruwelijke dingen, maar diep vanbinnen zijn ze poeslief,' riep een van de campinggasten.
'Nou, dat moet dan wel heel diep vanbinnen zijn,' mompelde een ander zachtjes.
Het spektakel was afgelopen. Er was niets meer te zien en dus dropen de badgasten en de campinggasten een voor een af. Maar degenen die het ergst dropen waren Merel en Beer, die als twee verzopen katjes in de branding stonden. Hun oorlellen gloeiden nog altijd een beetje na.
'Alles goed met jullie?' vroeg Merels vader, die ineens als een reus voor hen in de branding stond. Toen hij vijf minuten geleden van een campinggast had gehoord wat er aan de hand was, was hij meteen naar het strand gerend, met de chef-kok, Merels moeder met Teun in haar armen en de twee honden achter zich aan. Hij was als eerste aangekomen.
Merel en Beer knikten. Ze waren nog te beduusd om antwoord te geven.
'Nou ja, nu zijn jullie in ieder geval weer schoon,' zei Merels vader.

'Er zit nog een wortel in je haar.' De chef-kok wees hijgend en puffend naar de wortel in Merels haar. Zijn gezicht was roder dan een overrijpe tomaat. Erg blij keek hij niet. Hij had een gruwelijke hekel aan rennen en toch had hij het hele stuk vanaf de camping achter de vader van Merel aan gerend. Zijn dikke koksbuik had hem daarbij aardig in de weg gezeten en zijn koksmuts was telkens over zijn ogen gezakt.

'En volgens mij zijn jouw oren nog niet goed schoon, Beer. Kom, duik anders nog maar een keertje de golven in,' zei Merels moeder grinnikend. Zij was de enige die niet had gerend, maar dat was logisch; ze had kleine Teun op haar arm en die was met tien maanden en negen kilo veel te zwaar om mee te rennen.

Merel en Beer grijnsden. Stiekem vonden ze het wel leuk om met kleding en al in de zee te zijn. Gierend van het lachen lieten ze zich achterovervallen. En daar kwamen Dappere Dodo en Brok ook aangerend. Alsof ze het zo afgesproken hadden, renden ze tegelijk de zee in en belandden met een nog grotere plons naast Merel en Beer. Meteen kregen Beer en Merel een flinke lik van Dodo en Brok.

'Zo te zien hebben die grote lol met elkaar. Zonde om nu al terug naar de camping te gaan. Weet je wat, ik haal de picknickmand, stop die vol lekkers en dan gaan we na al deze commotie eerst maar eens lunchen,' stelde Merels vader voor.

De chef-kok sprong op. 'Wat een geweldig idee. Ik haal de taarten. Ik denk dat ze nu wel klaar zijn.' En weg was hij. Luid jubelend liep hij terug naar de camping. Zijn koksmuts wiebelde gezellig heen en weer.

'Neem ook handdoeken en een kleed mee, om op te zitten,' riep Merels moeder haar man achterna. Die stak zijn hand in de lucht als antwoord. Merels moeder glimlachte. 'Wie het eerst bij dat paaltje is,' riep Beer hijgend en met een brede grijns, want hij begon meteen te zwemmen en lag meteen hartstikke aan kop.

'Hé, dat is niet eerlijk,' riep Merel, die graag wilde winnen. Meteen zette ze de achtervolging in en zwom zo hard ze kon achter Beer aan. Ze probeerde de borstcrawl, die ze op schoolzwemmen had geleerd, maar in zee was dat een stuk moeilijker dan in het zwembad. Ze kreeg telkens slokjes water binnen. Het smaakte ontzettend goor, want het was natuurlijk zout water. Proestend en hoestend zwom ze verder, met naast haar een hard blaffende Dodo en Brok.

'Ik heb gewonnen!' riep Beer, luid juichend zodra hij het houten paaltje had bereikt. 'Ik heb gewonnen. Ik heb gewonnen!' Hij stak beide armen in de lucht. Ondertussen watertrappelde hij flink.

Daar kwam ook Merel aangezwommen. Ze glimlachte naar de watertrappelende Beer en klampte zich toen vast aan het houten paaltje. 'Ik heb gewonnen,' zei ze met een grote grijns.

'Hoe kom je daar nou bij? Ik was het eerst bij het paaltje! Of heb je soms nog een paar rozijnen in je ogen?' zei Beer verontwaardigd, die nu ook het paaltje vasthield. Van watertrappelen word je nogal moe.

'Toch heb ik gewonnen,' hield Merel vol.

'Nietes.'

'Welles.'

'Nietes.'

'Welles. Ken je de regels niet?'

'Welke regels?'

'Nou, de wedstrijdregels?'

Beer schudde zijn hoofd.

'Degene die het eerst het paaltje aanraakt, heeft gewonnen. Dat is de eerste en de enige wedstrijdregel.'

Beteuterd keek Beer zijn vriendinnetje aan. 'Nietes.'

'Welles.'

'Nietes. Trouwens, ik heb het paaltje wel aangeraakt.'

'Nietes,' zei Merel deze keer.

'Welles,' zei Beer.

'Woef,' blafte Dodo.

'Waf,' blafte Brok.

Toen schoten ze in de lach.

'Ik denk dat ik weer naar het strand zwem,' zei Beer even later.

'Waarom? Het is toch gezellig hier?'

Beer slikte. Hij was niet zo'n held in het water als je de bodem niet kon zien. Hij had geen flauw idee wat voor dieren er onder hem allemaal leefden. Voor hetzelfde geld zwommen er van die enge zeemonsters rond. Maar Beer was stoer. En stoere jongens vertelden natuurlijk niet dat ze ergens bang voor waren. Dus vroeg hij zo nonchalant mogelijk: 'Wat voor dieren zouden er in deze zee zwemmen?'

Merel kneep haar ogen tot twee geheimzinnige spleetjes en boog haar gezicht dichter naar Beer toe. 'Heel bijzóndere dieren.'

'O,' kon Beer alleen maar uitbrengen.

'Ik zie er een paar ronddobberen.'

Beer slikte en keek Merel met grote ogen aan.

'Grote zeemonsters,' zei Merel met een serieus gezicht.

'W-w-w... w-waar d-d-dan?' Zie je, daar had je het al. Zeemonsters. Grote nog wel. Hier in de Noordzee. Helemaal niet in verre, vreemde zeeën, maar gewoon hier voor de kust van Texel.

'Hier!'

'H-h-h... hier?' Beer keek om zich heen, maar hij zag nergens enge zeemonsters. Alleen... er verscheen een grijns rond zijn mond. Hij knikte. 'Enórme zeemonsters. Vooral die merel.'

'Pfff, wat dacht je van die beer die in zee dobbert, naast die twee gevaarlijke honden?'

'Jammer dat het geen zeehonden zijn,' antwoordde Beer. 'Ik zou best eens een echte zeehond willen zien.'

'Dat kan geregeld worden!'

'Echt?'

'We zijn toch op Texel?'

'Komen er dan op Texel zeehonden voor?'

Merel knikte. 'Heel veel.'

'Heb jij weleens een echte zeehond gezien?'

Merel knikte. 'In de dierentuin.'

'Die telt niet mee! Ik bedoel een wilde zeehond.'

Deze keer schudde Merel haar hoofd.

'Het zou toch tof zijn om er een in het wild te zien?'

Merel grinnikte. 'Je hoeft alleen maar te wachten. Nog even en Dodo en Brok veranderen in echte zeehonden.'

'Zullen we terug naar het strand gaan? Volgens mij zie ik jouw vader en de chef-kok aan komen.'

Brok en Dodo zagen het ook en zwommen enthousiast naar de kant.

'Joepie!' riep Merel en ze wilde achter Brok en Dodo zwemmen toen ze een vreemd geluid hoorde. Ze draaide haar hoofd naar Beer. Hij keek haar met twee grote ogen aan.

'Wat was dat?' vroeg hij geschrokken. Zijn hart zat in zijn keel. Beer begon te bibberen.

'Sst,' zei Merel. Ze hield haar oor in de richting van het geluid. Beer hield zijn adem in en luisterde ook. Ja, daar was het geluid weer. Het was een soort gehuil. Merel tuurde in de verte. Ze hield haar hand als een zonneklep boven haar ogen.

'Zie je al wat?' wilde Beer weten. Ongemakkelijk dobberde hij in het water, terwijl hij de bodem niet kon zien. Waarom waren ze vanmorgen naar Texel gegaan en niet naar Terschelling, zoals de bedoeling was?

Toen ze vanmorgen in alle vroegte de deur uit liepen om drie weken op vakantie te gaan, dacht iedereen dat ze naar Terschelling zouden gaan. Dat was namelijk al een aantal weken het plan.

De vader van Merel had hun autootje mét aanhangwagen uit de garage gehaald en voor het huis gereden. Zo kon de moeder van Merel makkelijk alle kampeerspullen in de aanhangwagen leggen, en dat waren er nogal wat.

Beer had nog nooit gekampeerd, want zijn ouders hielden daar niet van. Ze gingen liever naar vijfsterrenhotels in vreemde, verre, tropische landen met grote zwembaden in de tuin en een luxe restaurant in het hotel zelf.

Maar omdat zijn ouders het deze zomer veel te druk hadden met geld verdienen voor hun veel te dure huis, twee vette auto's, twee schoonmaaksters en al die dure en verre reizen, was Beer door zijn buurmeisje mee op vakantie gevraagd. Dat had hij wel zien zitten, want zijn ouders hadden besloten om pas in de herfstvakantie weer op reis te gaan en zes weken met tante Trees – hoe lief ze ook was – in één huis zijn vond hij geen aangename gedachte. En dus hadden zijn ouders hem en zijn koffer vanmorgen in alle vroegte voor de deur van de buren afgezet en hem gedag gekust met drie luchtkussen, en waren daarna ieder in hun eigen auto gestapt om naar hun drukke baan te racen.

Tante Trees was de komende drie weken de dierensitter bij Merel thuis, want met drie poezen, drie konijnen, twee cavia's, twee hamsters en vier lipvissen wilden de ouders van Merel en Merel zelf ook dat er iemand in huis was. En niet iemand die één keer per dag langskwam om ze alleen maar eten te geven. Dat vond iedereen zielig, inclusief tante Trees, die normaal gesproken bij Beer in huis woonde. Alleen de twee honden mochten mee op vakantie.

45

Toen iedereen in het autootje was gestapt, had de vader van Merel de motor gestart en was de vakantie begonnen. Achter de auto hing een propvolle aanhangwagen, waardoor ze weinig snelheid konden maken, maar nog voordat ze de straat uit waren lag Teuntje in zijn autozitje luid te snurken. De reis naar Terschelling was begonnen. Ze zongen liedjes, deden autospelletjes en pakten af en toe een cadeautje uit, dat de moeder van Merel voor onderweg had meegenomen.

De reis verliep voorspoedig, maar enkele uren later waren ze verdwaald, omdat de vader van Merel weigerde een TomTom aan te schaffen. 'Nee, ik kan heus wel kaartlezen.'

'Volgens mij moet je hier naar rechts,' zei Merels moeder.

'Pa-hap, ik moet plassen,' riep Merel.

'Eh... ik ook, meneer,' zei Beer.

'Ja, nu ben je te laat om rechts af te slaan,' zei Merels moeder. 'Dat was bij de vorige afslag.'

'Zeg dat dan!' zei Merels vader bozig.

'Ik zei het ook!' riep Merels moeder.

'Jij kunt geen kaartlezen,' bromde Merels vader.

'Dat kan ik wel, maar jij kunt niet luisteren en daarom zijn we nu verdwaald.'

'En ik moet nog steeds plassen,' zei Merel.

'Ik ook!' piepte Beer zachtjes.

En toen gebeurde datgene waarom Beer nu dobberend in de zee voor Texel lag: de vader van Merel reed een groot parkeerterrein op en parkeerde vlak voor een wegrestaurant.

'Jullie gaan eerst plassen!'

Merel en Beer sprongen de auto uit en sprintten naar de wc's van het wegrestaurant. Toen ze even later weer instapten, had zich een man door het open raampje van Merels vader naar binnen gebogen.

'Terschelling, zei u? Maar waarom gaat u niet gezellig naar Texel?' hoorden Merel en Beer de man zeggen.

'Tja,' mompelde Merels vader.

'Dat is veel dichterbij. Hooguit nog een halfuurtje rijden naar de boot in Den Helder.'

'Tja,' zei Merels vader weer.

De man keek op zijn horloge. 'Als u een beetje door-rijdt, haalt u met gemak de boot van halftwee.'

Merels vader keek naar Merels moeder. 'Het is nog een

lange rit naar Harlingen,' begon Merels vader. 'En ik moet nodig mijn benen strekken. Ik ben veel te groot en te lang voor dit kleine autootje. Als ik nu uitstap, kom ik er nooit meer in en dan komen we nooit op Terschelling. Wat denk je?'

Dappere Dodo en Brok blaften. Merels moeder dacht na. Dat zag je aan haar gezicht. Dat stond op nadenken, met een diepe frons in het midden van haar voorhoofd. Toen draaide ze zich om en keek de anderen vragend aan.

'Laten we ienemienemutten. Papa is Texel en mama is Terschelling,' riep Merel meteen. En dat deden ze.

'Ienemienemutte, tien pond grutten, tien pond kaas, ienemienemutte is de baas,' zong Merel terwijl ze haar vinger om de beurt van haar vader naar haar moeder liet gaan. De rest is geschiedenis. Het werd Texel.

Beer schrok op uit zijn gedachten toen naast hem Merel ineens begon te roepen.

'Daar!' Merel wees in de richting van het strand. Beer volgde haar wijzende vinger en zag op het strand, ver van de badgasten vandaan, een piepklein, zwart stipje.

'Kom, dan gaan we erheen.' En weg was Merel. Voor Beer zat er niets anders op dan zijn buurmeisje te volgen.

Zeehondenknuffel met scherpe tanden

Zodra ze konden staan, liepen ze wadend door het water het strand op. Al snel werd het piepkleine, huilende stipje groter en groter. Weer klonk het geluid, schor en jammerend.

Merel en Beer waren er nu vlakbij. Twee grote zwarte ogen keken Merel en Beer bang en verdrietig aan. Het bruin-grijze dier probeerde weg te komen, maar had daar de kracht niet voor en staakte huilend zijn poging.

'Het is een zeehondje,' zei Merel ontroerd.

Beer keek er beteuterd naar, een beetje teleurgesteld zelfs. Hij had altijd gedacht dat zeehonden groter waren. 'Hij is wel erg klein.'

Merel gaf hem een por in zijn zij. 'Het is een babyzeehond.'

'O.' Beer wreef met een pijnlijk gezicht over zijn linkerzij.

'Wat schattig!' riep Merel en ze knielde vlak voor de zeehond neer. 'We doen je niets, hoor.'

Het zeehondje huilde zachtjes. Voor de tweede keer probeerde hij weg te komen. Het zag er vreselijk onhandig uit. Hij sleepte met zijn buik over het zand, terwijl hij met zijn voorflippers het zand een beetje wegveegde. Toen stopte hij weer. Hij was nog geen halve meter vooruitgekomen.

'Het lijkt wel of hij pijn heeft,' zei Merel. Zo voorzichtig mogelijk schoof ze op haar knieën weer een stukje in de richting van het zeehondje.

'Pas nou op. Zo jaag je hem weer weg.'

'Maar ik wil alleen even kijken waar hij pijn heeft.'

'Is dat wel een goed idee?' vroeg Beer.

'Waarom niet?'

'Heb je weleens een gewonde zeehond opgepakt en verzorgd?'

Merel schudde als antwoord langzaam haar hoofd. Het zeehondje huilde weer.

'Waarom zou hij huilen?'

Merel haalde haar schouders op. 'Misschien roept hij zijn moeder.' Het laatste had ze zo zachtjes gezegd dat Beer dacht dat hij haar niet goed had verstaan. Toch keek hij om zich heen, op zoek naar een zeehondenmoeder. Op het strand waren een hoop meeuwen, maar hij zag nergens een andere, grotere zeehond. Hij keek de zee in. Misschien was ze in het water en wachtte ze daar op haar jong. Hij kneep zijn ogen tot spleetjes om beter te kunnen kijken, maar hoe hard hij ook tuurde, hij zag niets wat op een zeehondenmoeder leek.

'Ik denk dat je gelijk hebt. Hij roept zijn moeder, maar die hoort hem niet. Ik denk dat hij zijn moeder

kwijt is,' besloot Beer en hij knielde naast Merel neer.
'Wat is-ie mooi, hè?' fluisterde Merel.

Beer knikte ademloos.

'Hij lijkt op mijn knuffelzeehond,' zei Merel. 'Alleen is mijn zeehondje wit en deze grijzig.'

Ze stak haar arm naar het zeehondje uit, alsof ze hem wilde aanraken.

'Afblijven,' donderde ineens een zware stem over het strand.

Geschrokken trok Merel haar hand terug. Wild gebarend rende de vader van Merel naar hen toe. Zijn buik schudde aan alle kanten. Achter hem liep de chef-kok.

'Afblijven,' herhaalde Merels vader nogmaals. 'Je mag zeehonden nooit aaien.'

'Ik wilde hem niet aaien,' riep Merel betrapt. 'Ik wilde hem oppakken om te kijken waar hij pijn had.'

'Slecht idee.'

'Waarom?' zei Merel geschrokken.

'Dit is geen knuffeldier, Merel. Het is een roofdier,' zei Merels vader. Uit zijn achterzak haalde hij zijn mobiel tevoorschijn.

'Maar hij ziet er hartstikke lief uit,' probeerde Merel nog een keer.

'Dat zal best. Een beer ziet er ook lief uit, maar die scheurt je ook in stukken als je te dichtbij komt.'

'Grrr,' deed Beer en hij hield zijn handen als klauwen voor zich uit.

Merel grinnikte.

'Zeehonden hebben heel scherpe tanden,' ging de vader van Merel verder. Hij hield zijn mobieltje tegen zijn oor. 'En nu stil, want ik moet bellen.'

'Met wie?' wilde Merel weten.

'Met Ecomare, de zeehondenopvang op Texel. Sst.'

'Magnifiek,' riep de chef-kok ineens. *'Fantastico.'* Hij pakte zijn koksmuts van zijn hoofd en gooide hem de lucht in. Het zeehondenjong schrok zich wild en probeerde er weer vandoor te gaan.

'U jaagt hem weg!' riep Merel geschrokken. Maar de chef-kok hoorde haar niet.

'Jippie. Ik heb het! Ik wist wel dat ik op Texel inspiratie zou vinden,' riep hij opgetogen. Hij maakte een sprong in de lucht. De zeehond huilde.

'U maakt hem bang,' zei Beer boos tegen de chef-kok.

Maar nog altijd hoorde de chef-kok niets. 'De z van zeehond. De z van zeehond. De z van zeehond!' riep hij uitbundig, waarna hij zijn koksmuts van het zand pakte, afklopte en weer op zijn hoofd zette. 'De z van zeehond. De z van zeehond,' bleef hij roepen terwijl hij terug naar de camping huppelde.

Merel en Beer keken hem met open mond na. De chef-kok was gek geworden, besloten ze. Dat moest wel. Voordat ze zich weer naar het zeehondje omdraaiden, zagen ze nog net dat chef-kok Reinardt zijn schoenen in een halve sprong in de lucht tegen elkaar aan tikte. Het zag er grappig uit. Toch klopte er iets niet, alleen wist Merel niet zo gauw te bedenken wat.

Merel keek weer naar het zeehondenjong. Hij bewoog zijn kop heen en weer, terwijl hij haar met grote ogen aanstaarde. Ze ving flarden van het telefoongesprek van haar vader op.

'Bij de Dierenbescherming.'

'...'

'Inspecteur.'

'...'

'Ja, ja, klopt. Hij ziet er erg mager uit.'
'...'
'Nee, absoluut geen moeder in de buurt.'
'...'
'Ja, dat dacht ik al, een huiler.'
'...'

Ineens werden Merel en Beer ruw opzijgeduwd door het meisje in het goudkleurige badpak. Een roze tasje bungelde nonchalant aan haar schouder. Zonder iets te zeggen liep ze meteen door naar het zeehondje. Merel kreunde.
'Hé, kun je niet uitkijken?' zei Beer boos, maar het meisje trok zich niets van hem aan en liep verder.
'Hé, niet te dichtbij,' riep Merels vader tegen het meisje, waarna hij met het telefoongesprek verderging.
'Nee, hij blijft liggen. Gaat nergens naartoe.'
'...'
'Nee, niet te veel mensen in zijn buurt.'
'...'
'Snap ik.'

Het meisje stond in haar goudkleurige badpak ongeveer een meter van het zeehondje vandaan toen ze een knalroze mobieltje met nepdiamanten erop uit het roze tasje haalde. Snel maakte ze een paar foto's van het zeehondje. 'Perfect. Eindelijk weet ik wat ik wil,' mompelde ze zachtjes, waarna ze zonder een woord haar mobieltje weer opborg en tussen Merel en Beer terugliep naar haar vijfentwintig... of nee, het waren er inmiddels minder... zandkasteeltorens.

Merel keek Beer aan. Die tikte tegen zijn voorhoofd. 'Zo gek als een deur,' fluisterde hij. Merels vader had opgehangen en keek Merel en Beer aan. 'Ze komen eraan.'
'Wie?' vroeg Beer, die het gekke meisje nog altijd nakeek.

'De mensen van Ecomare. Ze komen het zeehondje halen.'

'En dan?'

'Dan nemen ze het mee naar de zeehondenopvang,' antwoordde Merels vader.

'En dan?'

'Dan kijkt een dierenarts hoe ziek het zeehondje is.'

'En dan?'

'Dan gaat het zeehondje in quarantaine.'

'In wat?'

'In quarantaine. Dat betekent dat hij niet bij de andere zeehonden mag komen.'

'O, maar dat is zielig,' zei Merel.

'Ja, dan is hij helemaal alleen,' hielp Beer zijn vriendin. Merels vader zuchtte. 'Stel dat hij heel erg ziek is, dan kan hij de andere zeehonden ook ziek maken.'

'O ja,' zei Merel.

'En dan?' wilde Beer weten.

'Dan krijgt hij medicijnen en wordt hij bijgevoerd.'

'En dan?'

'Tjonge... Misschien kun je het straks beter aan de man van de zeehondenopvang vragen. Die weet vast meer dan ik.'

'Zo, dat is een kleintje,' klonk ineens een stem van heel dichtbij.

Geschrokken draaiden Beer, Merel en haar vader hun hoofd opzij en ze keken recht in het knalrode gezicht van Henk de Graaf.

'Wat is er met hem aan de hand?'

'Ik denk dat hij zijn moeder kwijt is,' antwoordde Merels vader.

'Ziek?' vroeg Henk de Graaf zo nonchalant mogelijk.

'Dat zou heel goed kunnen, hoewel ik geen dierenarts ben,' antwoordde Merels vader.

'Hmm, ziek dus, hè?' Henk de Graaf wreef nadenkend over zijn kin. 'Wat gebeurt er met hem? Blijft hij hier liggen?'

'Nee, iemand van de zeehondenopvang komt hem halen,' antwoordde Merels vader, terwijl hij peinzend naar de huiler keek.

'Hmm, o. En... eh... waar gaat hij dan naartoe?'

'Naar Ecomare. De zeehondenopvang op Texel.'

'Juist ja. Goed, goed,' zei Henk de Graaf en hij wreef weer nadenkend over zijn kin.

'Ah, daar komt hij al aan,' zei Merels vader, wijzend op een auto die hun richting op reed. Maar Henk de Graaf had zich al omgedraaid en liep van hen vandaan.

Slagroomsoesjes

Uit de auto stapte een vlotte man. Hij was gekleed in een waterdichte vissersbroek, die nog het meest op een tuinpak leek, maar dan van plastic. Hij liep regelrecht naar Merels vader, gaf hem een hand en stelde zichzelf voor als Salko. 'U bent degene die gebeld heeft?'

'Klopt, maar deze twee hebben hem gevonden,' zei Merels vader en hij wees daarbij op Merel en Beer.

'Salko,' zei hij en hij gaf hun een hand.

'Merel.'

'Beer.'

'Aparte naam,' zei Salko.

'Eh... eigenlijk heet ik Hendrik-Gustav, maar sinds ik Merel heb ontmoet, heet ik Beer.'

'Maar waarom Beer?'

Beer zweeg, maar Merel knikte geestdriftig en lachte. 'Omdat hij een echte knuffelbeer is.'

Beer werd vuurrood. Salko zag het. 'En jij zingt zeker het hoogste lied, niet?' zei hij tegen Merel. Nu was het Merels beurt om vuurrood te worden, terwijl haar vader hard begon te lachen. 'Zo te zien hebt u mijn dochter nu al door.' En hij knipoogde naar Merel.

'Zo, dus jullie hebben dit kleintje gevonden?' vroeg Salko, zijn blik op de zeehond gericht.

Merel en Beer knikten. 'We waren aan het zwemmen toen we een gek geluid hoorden. We zijn meteen gaan kijken waar het vandaan kwam,' legde Merel uit.

'Goed gedaan, jongens!' zei Salko en hij stak zijn duim naar ze omhoog. 'Het is een jonkie. Een huiler.'

'Wat is een huiler eigenlijk, meneer?' vroeg Beer beleefd, precies zoals hij van zijn ouders had geleerd.

'Dat is een jonge zeehond die zijn moeder is kwijtgeraakt,' antwoordde Salko, terwijl hij terug naar de auto liep. 'We noemen het een huiler, omdat het geluid dat hij maakt een beetje op klaaglijk huilen lijkt. Vinden jullie niet?'

Beer en Merel knikten terwijl ze achter Salko aan liepen. 'Maar... maar hoe kan een zeehondje nou zijn moeder kwijtraken?' wilde Beer weten. 'Let die moeder dan helemaal niet op of zo?'

Salko krabde op zijn hoofd en draaide zich om naar Beer. 'Tja, daar zijn allerlei verklaringen voor. Soms spoelen pasgeboren zeehonden van een zandbank af door harde wind, hoog water en een sterke stroming. Of ze schrikken als er ineens mensen aankomen en vluchten dan snel van de zandbank het water in. Het kan dat het jong zijn moeder niet meer terug kan vinden. En soms kan een moeder niet voor haar jong zorgen, omdat ze te weinig melk heeft. Of de moeder komt bijvoorbeeld vast te zitten in een net, kan niet meer wegkomen en verdrinkt.'

'Wat zielig!' zei Merel. 'Daarom huilt hij dus.'

'Ja, om zijn moeder te roepen en om te zeggen dat hij honger heeft. Het jong gaat op zoek naar zijn moeder, maar vindt haar niet en vermagert. Als ze zo klein zijn kunnen ze nog niet voor zichzelf zorgen. Ze hebben moedermelk nodig om groot en sterk te worden.'

'Is dat met deze zeehond gebeurd?' vroeg Beer.

Salko knikte. 'Waarschijnlijk wel. Zeehondenjongen blijven ongeveer vier weken bij hun moeder en drinken in die weken melk bij haar. De melk lijkt een beetje op slagroom en is heel erg vet.'

'Zoals de slagroom in een slagroomsoesje?' vroeg Beer.

Salko lachte. 'Ja, zoiets ja. Van die vette melk groeien de jongen heel hard. In een paar weken tijd gaat hun gewicht van acht naar wel vierentwintig kilo.'

'Pff, dat is drie keer zoveel,' rekende Beer snel uit, want in rekenen was hij supergoed.

Merel blies haar wangen bol. 'Stel je eens voor dat wij in een paar weken tijd zoveel aankomen.'

'Dat zijn we tonnetjes en kun je ons rollen,' zei Beer grinnikend.

'Jullie kunnen je dus vast wel voorstellen hoe snel een zeehondenjong vermagert als hij een tijdlang geen moedermelk drinkt en nog niet voor zichzelf kan zorgen,' zei Salko. Merel en Beer knikten.

Uit de auto haalde Salko een grote plastic bak. Merel moest aan de kattenreismand van haar drie katten denken. De bak was aan alle kanten dicht, op tralies aan de voorkant na.

'Wat gaat u daarmee doen?' vroeg Beer.

'Daar gaat de zeehond in. Zo kan ik hem beter vervoeren.'

Beer knikte. Logisch!

Salko nam de bak mee en zette hem zo dicht mogelijk bij het zeehondje neer.

'Blijven jullie hier! Anders schrikt hij.' Snel greep Salko het zeehondje in zijn nek en hield hem stevig vast.

'Hebben jullie trouwens al een naam voor hem bedacht?' vroeg Salko terwijl hij het zeehondje onderzocht.

Merel en Beer keken Salko verward aan. 'Een naam?
Voor de zeehond?'
Salko lachte. 'Dat is de regel. Wie een zeehondje vindt,
mag hem een naam geven.'
'*Cool*, net zoals de ontdekkers van een nieuwe ster of
planeet een naam mogen bedenken!' zei Beer.
'Of een nieuwe diersoort,' zei Merels vader.
Beer knikte en hij draaide zich om naar Merel. 'Meestal
krijgt zo'n ster of planeet de naam van de ontdekker.'
Merel dacht na. 'Maar noemen we hem dan Merel of
Beer? We hebben hem samen ontdekt.'
'Wat dachten jullie van Thomas?' zei Merels vader grin-
nikend.
Merel keek haar vader verontwaardigd aan. Alsof ze de
zeehond naar haar vader zou noemen... Die haalde ver-
ontschuldigend zijn schouders op. 'Thomas is toch een
mooie naam?' Maar niemand reageerde. Salko onderzocht
de huiler, en Beer en Merel stonden diep na te denken.
'Ik weet het,' riep Merel ineens uit. 'Meer.'
Beer, Salko en haar vader keken Merel vragend aan.
'Meer?' vroeg Beer vertwijfeld.

'Ja, het is Merel en Beer bij elkaar en door elkaar ge-
husseld. Leuk toch?'

Maar Beer schudde zijn hoofd. 'Ik vind het een stomme
naam.'

Merel keek Beer verontwaardigd aan. 'Alsof jij een leu-
kere naam kunt bedenken!'

De stilte die daarop volgde werd even later verbroken
door het gemompel van Salko. 'Hmm, ik denk dat hij
een week of... twee is. Een kleintje, dus. Vreselijk mager,
maar voor zover ik kan zien, is hij nergens gewond.'

Merel en Beer keken elkaar opgelucht aan.

'Hmm.'

'Wat?' riepen Merel en Beer allebei geschrokken.

'Hij is toch wel gewond. Kijk, hier bij zijn achterflippers!' Salko wees naar een grote open wond.

'O, nee, hoe komt dat?' vroeg Merel.

'Dat kan van alles zijn, maar waarschijnlijk is hij tegen
een propeller van een boot gezwommen.'

'O, wat zielig,' zei Merel.

'Het zou ook kunnen dat hij ziek is,' ging Salko verder.

'Ziek?'

'Ik weet het niet zeker, maar dat kan de dierenarts in de
opvang beter onderzoeken. Nu ga ik dit zeehondje oppakken en in die bak zetten.'

Angstig keken Merel, Beer en Merels vader toe hoe Salko
het huilertje oppakte en voorzichtig in de bak zette. Toen
Salko het deksel erop deed, riep Beer: 'Ik weet het!'

'Wat?'

'De naam voor ons zeehondje.'

Vol verwachting keek Merel haar buurjongen aan, maar
die hield de spanning er nog even in door geheimzinnig
te lachen.

'Nou, vertel dan! Anders...'

Beer lachte. 'Anders wat?'

'Anders... knijp ik in je oorlel.'

Beers lach verdween. Hij dacht aan Truus en Suus.

'Beerel,' zei hij zachtjes. 'Met twee e's.' Gespannen keek hij Merel aan. Zou ze het een leuke naam vinden? Salko liep intussen, samen met de vader van Merel, met de bak tussen hen in naar de auto.

'Ik vind het een superleuke naam!' zei Merel.

'Mooi, dat is dan geregeld. Beerel met twee e's wordt het! Beerel met twee e's is het!' zei Salko en hij deed de achterklep dicht.

'Ik breng Beerel naar Ecomare. Als jullie willen mogen jullie van de week komen kijken hoe het met jullie zeehondje gaat.'

Vlug keek Merel naar Beer en seinde met haar ogen. Beer knikte.

'Eh... mogen wij mee?' vroeg Beer zachtjes.

'Hebben jullie geen zin in een stuk van een van de taarten die de chef-kok heeft gebakken?'

De magen van Beer en Merel knorden al uren als gekken, maar ze wilden het zeehondje niet alleen laten.

'Stap maar in,' zei Salko en hij keek even naar Merels vader of het goed was. Die knikte.

'Ik kom straks wel een stuk taart brengen. Ook voor u.'

'Nou, lekker!' Salko bedankte Merels vader en stapte in de auto. Merel en Beer zaten al voorin, ongeduldig te wachten.

Haring met uitjes en een vlaggetje

Ecomare lag in de duinen, vlak bij het strand. Het was een groot gebouw met een entreehal, een kantine en verschillende museumzalen. Achter het grote gebouw, buiten, lagen de verschillende bassins. Er klonk een luid gebrul uit een van de 'zwembaden'.

'Dat is Rob,' zei Salko. 'Hij heeft ooit in een televisie-serie meegespeeld en heeft daarvoor leren brullen. Normaal gesproken maken zeehonden geen geluid.'

'Waarom brult hij nu dan?' vroeg Beer nieuwsgierig.

Salko grijnsde. 'Hij hoopt dat hij een extra vis krijgt.'

'Slim!' zei Merel.

'Ook de twee andere adoptiezeehonden hebben zo hun methode,' vertelde Salko.

'Adoptiezeehonden?' vroeg Beer.

Salko knikte. 'We hebben er drie: Rob, Karien en Rianne. Iedereen die wil, kan een van deze drie zeehonden adopteren.'

'Adopteren? Mag je de zeehond dan mee naar huis nemen?' vroeg Beer verschrikt.

Salko begon hard te lachen. 'Welnee, als je er een adopteert, steun je de zeehonden hier in Ecomare met geld. De zeehonden blijven hier.'

Beer zuchtte opgelucht. 'Gelukkig!'

'Of wil je je badkuip soms met een zeehond delen?'
Salko lachte hard.

Toen barstte ook Merel in lachen uit.

'Wat?' wilde Beer weten.

'Hi, hi. Een zeehond in jullie badkuip. Hi, hi.'

'Wat?' Hij snapte niets van Merels lachstuip.

'Je moeder. Ha, ha,' hikte Merel.

'Wat is er met mijn moeder?'

'Je moeder... in bad... met een zeehond. Ha, ha.'

Nu lachte ook Beer hard mee. Hij zag zijn moeder al met een zeehond in bad zitten.

'Zal ik je vinnen even inzepen?' deed Beer hikkend van het lachen de stem van zijn moeder na.

'Dan zeep ik straks jouw rug in,' zei Merel met een oinkende zeehondenstem.

Beer moest zo hard lachen dat hij er tranen van in zijn ogen kreeg. 'Hou op, mijn buik doet zeer.'

'Nee, hou jij op. Ik pies bijna in mijn broek.'

'Salko,' zei Beer even later. 'Welke methoden hebben Karien en Rianne dan?'

'Karien heeft zichzelf leren zwaaien en Rianne duikt graag met haar kop in de emmer. Zo kan ze zelf kijken of die echt leeg is.'

Merel en Beer lachten zachtjes. 'Slimme beesten.'

'Hmm, iets té slim,' reageerde Salko. 'Ah, daar is de dierenarts. Kom, dan brengen we Beerel naar de quarantaineafdeling.'

Terwijl de dierenarts en Salko de bak uit de auto tilden, liepen Merel en Beer naar het gebouwtje waarin de quarantaineruimte was.

'Hoi,' groette een meisje dat in de ruimte voor de quarantaineafdeling stond. Nieuwsgierig keken Merel en

Beer naar de berg vissen die voor haar op een soort aanrecht in een laagje water lagen.

'Wat ben je aan het doen?' vroeg Merel.

'Ik ontdooi de vissen.'

'O, waarom?'

'Omdat zeehonden niet zo van bevroren vis houden,' zei ze glimlachend.

'Worden deze vissen aan de zeehonden gevoerd?'

Het meisje knikte. 'Ik maak ze wel eerst schoon. Ik haal de ingewanden eruit.'

'Vies werkje,' zei Merel met een vies gezicht.

Het meisje haalde haar schouders op.

'Wat voor vis is dit?' vroeg Beer.

'Haring.'

'Hè, zien die er zo uit?' zei Beer.

Het meisje knikte lachend. 'Alleen de uitjes ontbreken.'

'En het vlaggetje,' zei Beer gniffelend.

Merel en Beer wilden het meisje nog veel meer vragen, maar daar kwamen de dierenarts en Salko al binnen met Beerel. Ze brachten de huiler naar de kleine quarantaineruimte, waar voor deze ene keer Merel en Beer ook binnen mochten. Zo konden ze alles goed zien. De reisbak waar Beerel nog altijd in zat, werd op een grote weegschaal gezet.

'Hij weegt 7,4 kilo,' zei de dierenarts mompelend.

'Is dat goed?' wilde Merel weten.

'Het is te weinig. Hij zou nu tussen de tien en twaalf kilo moeten wegen.'

Merel en Beer slikten. Beerel was bijna vijf kilo te licht.

'Die moet flink bijgevoerd worden,' zei Merel zachtjes.

Voorzichtig haalde de dierenarts Beerel uit de bak en legde het zeehondje op een verhoogd aanrecht. Zo kon

hij het dier beter onderzoeken. Salko legde zijn hand om de nek van Beerel, terwijl de dierenarts Beerel van alle kanten bekeek. 'Het is een meisje.'
'Maar goed dat we haar geen Thomas hebben genoemd,' zei Beer glimlachend.

Zwijgend ging de dierenarts verder met zijn onderzoek. Hij controleerde haar ademhaling, hartslag en temperatuur. Hij keek in Beerels bek en onderzocht haar ogen, waarna hij de grote open wond bij haar achterflippers bekeek en meteen verzorgde.

'Is ze ziek?' wilde Beer weten. Hij was erg bezorgd.

'Ze heeft longontsteking. Ze heeft long- en maag-darmwormen. Haar conditie is erg slecht.'

'Wat gaat er nu gebeuren?'

'De komende dagen krijgt Beerel speciale medicijnen en kunstmelk die speciaal is gemaakt voor zeezoogdieren,' vertelde de dierenarts.

'Is die net zo vet als een slagroomsoesje?' vroeg Beer.

'Eh... een slagroomsoesje?' De dierenarts trok een wenkbrauw op en keek Beer vragend aan.

Salko glimlachte. 'Nee, kunstmelk is niet zo vet als echte moedermelk. Daarom duurt het daarmee ook veel langer om een huiler op gewicht te krijgen.'

'Vanaf nu wordt Beerel vijf keer per dag gevoed,' zei de dierenarts. 'Als ze niet zelf eet, stoppen we een slang in haar bek en gieten de melk op die manier in haar keel.'

'Getsie!' zei Merel.

'Het moet! Anders gaat ze dood. Na vier of vijf dagen dwangvoeding gaan ze vaak zelf weer eten,' zei Salko.

'Dan is die slang niet meer nodig?'

Salko schudde zijn hoofd. 'De komende twee weken krijgt Beerel deze speciale melk. En dan krijgt ze, net als in de natuur, haar eerste vis.'

'Haring,' wist Beer.

'Klopt!'

'Hoeveel?' vroeg Merel.

'De eerste keer krijgt ze een visje van ongeveer honderd gram.'

'Eén visje maar? Maar dan heeft ze hartstikke honger,' zei Merel verontwaardigd.

Salko en de dierenarts lachten. 'Ze krijgt ook die melkvoeding nog. Dat visje is om te wennen.'

Beteuterd keek Merel van Salko naar de dierenarts.

'De melkvoeding wordt langzaam afgebouwd. Iedere twee dagen komt er een vis bij. De vissen worden steeds groter en zwaarder. Als het allemaal goed gaat, krijgt ze steeds meer vis. Drie keer per dag. Net zo lang tot ze tussen de dertig en veertig kilo weegt en een sterke, gezonde zeehond is. Dat zal over een maand of vier zijn. Dan zetten we haar weer uit in de Waddenzee.'

'Uitzetten?' vroeg Merel.

'Dat betekent dat we haar weer terug naar zee laten gaan.'

'Maar is ze dan niet heel erg aan mensen gewend?' vroeg Beer.

Salko schudde zijn hoofd. 'Ze verwilderen heel snel als ze eenmaal weer in de zee zijn.'

'Maar wat doen die andere zeehonden dan hier in Ecomare, zoals Karien, Rianne en Rob?'

'Ah, dat zijn zeehonden die niet meer voor zichzelf kunnen zorgen.'

'Goed, ik denk dat we Beerel nu met rust moeten laten,' zei de dierenarts. Hij tilde haar voorzichtig op en zette haar in een van de quarantainehokken. Onhandig klauterde Beerel een stukje bij hem vandaan en ging uitgeput op de verwarmde vloer liggen.

Surinaamse kippenpootjes met rijst en kousenband

Toen ze uit de quarantaineruimte kwamen, stond Merels vader al op hen te wachten. 'Zo, genoeg voor vandaag.'

'Maar pap...'

'Niets te pappen! Ik heb orders van je moeder om jullie mee terug te nemen, of jullie willen of niet,' zei Merels vader met een extra zware stem om te laten merken dat hij het meende. 'En je weet hoe die moeder van je is als ze iets wil.'

Merel zuchtte. Ze keek naar Beerel, die met haar ogen dicht onder de warmtelamp lag.

'Die gaat voorlopig nergens heen,' zei Salko. 'Ze moet eerst beter worden en aansterken. En volgens mij hebben jullie honger, want ik hoor de hele middag al twee knorrende magen.'

'Ah ja, over honger gesproken,' zei Merels vaders, die zich ineens de grote stukken taart van chef-kok Reinardt in zijn tas herinnerde. Hij pakte de pakketjes. 'Noten-karameltaart, een appel-bramen-kruimeltaart, een bananen-kokoscake en een stuk hazelnootcake met speculaas. Gemaakt door chef-kok Reinardt van der Ree.'

'Reinardt van der Ree? Dat is toch niet...'

Merels vader knikte glunderend. 'Jawel, dat is dé chef-kok van In het Bijzondere Dier en Zoon.'

'Is hij op het eiland?'

'Nou en of. Hij heeft In het Bijzondere Dier en Zoon – de campingeditie bij ons op de camping geopend, maar eigenlijk is hij hier om inspiratie op te doen voor nieuwe gerechten.'

'Dan kom ik zeker een keertje langs,' zei Salko. 'Ik begreep dat u inspecteur bij de Dierenbescherming bent.'

Merels vader lachte. 'Klopt, maar nu ben ik vooral op vakantie. Ik ga straks voor mijn tent zitten en sta pas weer op als de vakantie afgelopen is. Even geen dieren voor mij!'

'Maar pap...' begon Merel weer. Ze had de knipoog van haar vader niet gezien.

'Het liefst heb ik volledige stilte, maar ja, met twee van die rakkers in de buurt...' Hij wees naar Merel en Beer.

'Pa-hap,' zei Merel met haar tanden op elkaar.

'Nou, dat komt mij eigenlijk wel goed uit,' zei Salko. 'Ik bedoel, dat u in volledige stilte wilt zijn. Ik kan de komende dagen wel wat hulp gebruiken.' Hij keek naar Merel en Beer.

Die keken hem met grote ogen aan. 'Echt?' vroeg Merel.

'Alleen als jullie willen, natuurlijk,' antwoordde Salko.

Meteen begonnen Merel en Beer te springen. 'Ja, ja, ja, ja, ja!'

'Dat lijkt me duidelijk,' zei Salko met een glimlach. 'Dan zie ik jullie morgen. En nu wegwezen, want Beerel kan niet slapen met al dat geschreeuw.'

Luid zingend, joelend en lachend kwamen ze even later bij de camping aan, waar Merels vader het autootje parkeerde. 'Zo, en dan gaan we nu naar het feestmaal van je moeder.'

Merel en Beer vlogen de auto uit, voor zover dat kon natuurlijk, want de auto was zo klein dat ze zich er meer uit wrongen dan dat ze eruit vlogen. Eenmaal buiten, renden Merel en Beer naar de grote bedoeïenentent en ploften neer op het grote vierkante picknickkleed dat Merels moeder ervoor had neergelegd. In geuren en kleuren vertelden ze om de beurt over hun middag bij Ecomare.

'Dan zullen jullie nu wel enorme honger hebben,' zei Merels moeder.

Merel en Beer knikten nadrukkelijk. Nou en of! Ze hadden zo'n honger dat ze wel een paard op konden, maar een boterham mocht ook.

'Ik heb Surinaamse kippenpootjes met rijst en kousenband. Gisteravond klaargemaakt,' zei de moeder van Merel.

'Hmm, lekker,' zei Merel. Surinaamse kippenpootjes met rijst en kousenband was een van haar lievelingsgerechten.

'O ja, ik heb jullie tent vanmiddag ook maar vast opgezet. Dan kunnen jullie straks prinsheerlijk op jullie matjes rollen,' zei Merels vader, die inmiddels ook was aangekomen en meteen de tent in ging, achter de lekkere geuren van de Surinaamse kippenpootjes met rijst en kousenband aan.

Merel en Beer zaten voor de tent op het grote picknickkleed luidruchtig te smikkelen toen Merel Truus en Suus aan zag komen.

'Wat is er? Je ziet eruit alsof je een spook ziet,' zei Beer, die heerlijk aan een kippenpoot knabbelde. Zoiets lekkers had hij nog nooit gegeten.

'Ik zie twéé spoken,' antwoordde Merel en ze wees naar de twee hartsvriendinnen.

Beer keek om en liet van schrik zijn kippenpoot op het kleed vallen. Vliegensvlug bedekte hij zijn oren met zijn vette kippenpootjeshanden. Merel zag het en deed precies hetzelfde. Oef, net op tijd, want precies op dat moment bleven de twee vriendinnen voor hun neus staan.

'Wat doen jullie raar met jullie handen,' zei Suus.

'Voorzorgsmaatregelen,' zei Merel en ze keek Truus en Suus met een diepe frons aan. Ze hoopte dat de twee vriendinnen zo merkten dat ze nog steeds boos op hen was.

Truus en Suus lachten. 'O, dat!'

'Niets "o, dat". Ik wil jullie excuses,' klonk de bulderende stem van Merels vader. Met een vuurrood gezicht kwam hij de tent uit gestormd. 'Anders zal ík eens in júllie oorlellen knijpen.' Merel zag dat hij met zijn duim en wijsvinger hevige knijpbewegingen in de richting van Truus en Suus maakte. Merel grinnikte.

Truus en Suus werden knalrood.

'Eh... ik... we...' stamelde Truus onhandig.

'Dat wil zeggen... ik... eh... we...' stuntelde Suus verder. Merel en Beer lieten hun handen zakken en maakten net als Merels vader knijpbewegingen met hun duim en wijsvinger.

Truus en Suus krompen ineen.

'Eh... sorry,' zei Truus.

'... Sorry,' zei ook Suus.

'En laat ik nooit meer merken dat jullie de oorlellen van mijn dochter en haar vriendje fijnknijpen,' zei Merels vader en hij stak dreigend zijn wijsvinger naar ze op. 'Want dan zijn jullie oren nog niet jarig!' Brommend liep hij terug naar binnen, waar zijn tweede bord met Surinaamse kippenpootjes op hem stond te wachten.

71

'Hoogst onaangenaam,' mompelde Truus zachtjes. 'Maar daar komen we nu niet voor.'

Merel keek de dames vragend aan. Nu het gevaar geweken was, stak Beer zijn lekkere Surinaamse kippenpoot weer in zijn mond.

'We hoorden dat jullie een zeehondje op het strand hebben gevonden.'

Merel knikte, terwijl Beer likkebaardend nog een hap nam.

'En dat hebben jullie natuurlijk daar achtergelaten!' De priemende ogen van Truus en Suus keken hen gevaarlijk streng aan.

Van verbazing viel Merels mond open. Die van Beer eigenlijk ook, maar hij bedacht net op tijd dat er een stuk Surinaamse kip in zat en dat het wel een erg grote knoeiboel zou worden. Hij hield zijn lippen stevig op elkaar.

'Natuurlijk hebben wij het zeehondje niet achtergelaten. We hebben haar naar Ecomare gebracht. Daar wordt ze beter gemaakt,' antwoordde Merel verontwaardigd.

'Jammer!' zei Truus.

Suus knikte. 'Vreselijk jammer.'

Beer had inmiddels zijn hap Surinaamse kip ingeslikt en stond woedend op. 'Hoezo is dat jammer? Hadden jullie haar dan laten liggen?'

'Ja, natuurlijk hadden wij dat gedaan. Je moet de natuur haar gang laten gaan,' zei Truus, en vond ook Suus.

'Wat? En zo'n kleine babyzeehond gewond en ziek op het strand laten liggen?' vroeg Beer.

Truus en Suus knikten.

'Er zijn genoeg zeehonden in de Waddenzee,' zei Truus streng.

'En wat dacht je van de Noordzee, Truus?' vroeg Suus.

Truus knikte.

'En die redden zich allemaal prima. Ook zonder opvang,' zei Suus.

'Maar... maar... je kunt toch niet zomaar een zieke, gewonde zeehond achterlaten? Dan gaat hij dood,' wierp Merel tegen.

Truus haalde haar schouders op. 'Tja, dat soort dingen gebeuren nou eenmaal in de natuur.'

'Dieren worden ziek en gaan dood. Truus en ik zijn van mening dat het beter is om je niet al te veel met de natuur te bemoeien,' vulde Suus aan.

Merel en Beer keken zo boos mogelijk van de een naar de ander, alsof ze een tenniswedstrijd bekeken.

'Wij zijn heus geen zeehondenkillers, hoor,' snoof Truus. 'Als jullie dat soms denken. Wij vinden die... die beesten... best aardig om te zien, maar wij vinden het opvangen van wilde dieren gewoon niet zo'n goed idee. Nietwaar, Suus?'

Suus knikte driftig. 'Wild moet vooral wild en ín de natuur blijven. Trouwens, ik vind ze ook nogal stinken en smerig, nietwaar?'

Truus was het volledig met haar hartsvriendin eens.

'Maar ze gáán toch terug naar de natuur?' merkte Merel op. 'Als de zieke zeehonden beter zijn, worden ze weer in de natuur teruggezet.'

'Weet jij zeker dat de zeehond dan echt helemaal beter is?' vroeg Truus met samengeknepen ogen.

'De dierenarts weet dat toch?' antwoordde Merel.

'Hmm, en wie zegt dat als je dit zeehondje op deze manier redt, het niet opnieuw ziek wordt? Ga je het dan weer vangen en verzorgen?' Truus keek Merel zo streng aan dat ze ineenkromp.

'Dan kun je wel bezig blijven! Nee, ik vind die zeehondenopvang geen goed idee!' zei Suus. 'En daar schaam
ik me niet voor.' Met haar neus in de lucht liep Suus
weg. Haar dikke billen wiebelden heen en weer. Een
paar stappen verder draaide ze zich om, keek waar
Truus bleef en riep toen: 'Wat is er mis met een andere
mening? Iedereen mag weten dat ik tegen de zeehondenopvang ben. Goedemiddag!' Suus waggelde verder.
Snel drentelde Truus erachteraan. Ook met haar neus in
de lucht.
'Nou ja, zeg! Hoe kun je nou tégen zeehondenopvang
zijn? Daar snap ik helemaal niets van!' zei Beer en boos
nam hij een hap van zijn Surinaamse kippenpoot.

Verwend verjaardagscadeautje

De volgende dag stonden Merel en Beer al vroeg op om naar de zeehondenopvang te gaan. Merels vader bracht hen erheen. 'Maar alleen voor deze ene keer. Morgen nemen jullie de bus. Ik heb ook vakantie.'

Merel en Beer meldden zich bij de zijingang.

'Hoe gaat het met Beerel?' vroeg Beer meteen toen Salko ze even later kwam halen.

'Ze is nog steeds heel ziek en heeft een paar keer per dag medicijnen nodig,' antwoordde Salko. 'Ik heb haar vanmorgen al gevoed en medicijnen gegeven, maar jullie willen haar vast even zien.'

Zonder op hun antwoord te wachten liep Salko verder. Hij bleef voor een groot raam staan. Merel en Beer tuurden naar binnen en zagen Beerel in de kleine ruimte liggen. Af en toe bewoog ze haar kop, die dan heen en weer ging. Even keek ze door het raam naar buiten. Het leek net alsof ze met haar grote zwarte ogen Merel en Beer aankeek. Daarna zakte haar kopje weer naar beneden.

'Het duurt nog wel even voordat Beerel beter is,' zei Salko.

'Drie weken?' vroeg Beer. Ze zouden drie weken op Texel blijven. Maar Salko schudde zijn hoofd. 'Langer! Véél langer! Maar ze wórdt beter.'

Merel en Beer tuurden nog even door het raam. Merel dacht aan de woorden van Truus en Suus. Zij waren tegen de opvang. Maar ze had eigenlijk niet zo goed begrepen waarom. Zou ze het Salko vragen?

'Maar genoeg getreuzeld. Er moet gewerkt worden,' zei Salko. Merel slikte haar vraag in en vergat Truus en Suus. 'Wat kunnen we doen?' vroeg Beer gretig. Hij hoopte dat hij de hele dag Beerel mocht verzorgen.

'Poep opruimen,' antwoordde Salko zonder aarzeling. Hij wees naar twee kleine hokken, waarvan er een leeg was. 'Als jullie met de ene klaar zijn, kunnen jullie de andere doen, maar dan zorg ik er eerst voor dat die kleine zeehond, Karst, naar het lege hok gaat.'

Merel vond het prima. Poep opruimen, dat had ze zo vaak gedaan. Niet van zeehonden, maar wel van haar katten en de honden. En iedere dag ruimde ze de keutels van de konijnen Miffy, Spot en Spetter, de cavia's Mik en Mak en de hamsters Peter en Potter op. Ze keek naar Beer en schoot in de lach. Ze had nog nooit zo'n beteuterd gezicht gezien. Hij had vast nog nooit poep hoeven ruimen.

Met een bezem in de hand en met laarzen aan die tot hun liezen kwamen, klommen Beer en Merel in het lege hok. Salko wilde liever niet dat ze het hok schoonmaakten als er een zeehond aanwezig was, want je kon nooit weten hoe hij reageerde op twee schoonmakers. Het waren nou eenmaal wilde dieren. Overal lag zeehondenpoep. Die leek erg op hoopjes klei, maar Beer wist vrij zeker dat het poep was.

'Het stinkt,' zei Beer klagend.

'Alsof jouw poep naar roosjes ruikt,' zei Merel en weer lachte ze.

76

'Nou, toevallig wel!' zei Beer en hij stak zijn tong uit.
'Je hebt wel een beetje gelijk. Het stinkt behoorlijk.'
Beer rolde met zijn ogen. 'Dat zei ik toch!'
Met een haak trok Merel de stop uit het bassin. Het
vieze water stroomde door het afvoerputje weg, precies zoals in een badkuip. Aan de zijkant van het kleine bassin deed Beer de kraan open. Snel pakte hij de
slang, voordat het water bij het uiteinde was en overal
heen spoot. Daarmee kon hij de vastgekoekte poep
wegspuiten.

Karst, het kleine zeehondje dat in het hok ernaast lag, was erg nieuwsgierig. Hij was naar de ruit gehobbeld, rekte zijn nek een beetje uit en keek wat Merel en Beer aan het doen waren. Eén keer klapte hij zelfs met een voorflipper tegen het raam om aandacht te vragen.

'Wat schattig,' zei Merel en ze hurkte voor Karst neer.

'Laat mij al het poepwerk maar weer doen,' bromde Beer, maar ook hij was ontroerd door de grote, hulpeloze ogen van de kleine zeehond. Hij vond het poep ruimen al ietsje minder erg.

Ze waren een tijdje bezig toen ze ineens een harde mannenstem hoorden. 'Carmen, schatje. Niet rennen. Dat is niet goed voor je bloeddruk.'

Merel en Beer hieven hun hoofd op om te zien wie dat gezegd had en keken recht in het gezicht van... Tja, van wie ook alweer? Ze kwam hun bekend voor.

Merel keek Beer aan, maar die haalde zijn schouders op.

'En? Nog lekker gebaad gisteren? Goed schoon geworden?' vroeg het meisje.

O ja! Het was dat meisje van de vijfentwintig zandkasteeltorens en de bediende.

'Het water was best lekker,' antwoordde Beer zo cool mogelijk.

'Heb jij al gezwommen?' vroeg Merel.

'Pff, echt niet! Je denkt toch niet dat ik in gewoon zeewater zwem? Gatver, het idee alleen al.'

'In wat voor zeewater zwem jij dan wel?' kon Merel niet nalaten te vragen.

'O, in Dode Zeewater,' antwoordde ze met bekakte stem.

'Gatver,' riep Merel met een vies gezicht. 'Water dat dood is.'

Carmen-schatje snoof minachtend. 'Het is water uit de Dode Zee. Dat is een meer dat tussen Israël en Jordanië ligt.'

'Waarom zou je in het water van de Dode Zee zwemmen als we de Noordzee en de Waddenzee hebben?' vroeg Beer.

'Omdat het water van de Dode Zee zo zout is dat je blijft drijven.'

'Kun je niet zwemmen of zo?' vroeg Merel.

'Natuurlijk wel, maar ik ga mezelf toch zeker niet vermoeien door te zwemmen? Trouwens, het water van de Dode Zee zit vol met mineralen en die zijn goed voor mijn huid. Zeg, maar daar kom ik niet voor. Waar is die zeehond die jullie gisteren gevonden hebben? Ik hoorde dat hij hierheen is gebracht.'

Beer wees in de richting van het grote raam waar Merel en Beer zo-even hadden gestaan om naar Beerel te kijken. Zonder een bedankje draaide Carmen-schatje zich onmiddellijk om en liep ernaartoe.

Beer en Merel keken haar verbaasd na.

'Volgens mij is die niet goed snik,' fluisterde Beer zachtjes en toen Merel zich naar hem had omgedraaid, tikte hij op zijn voorhoofd. Merel lachte en liet haar wijsvinger cirkeltjes beschrijven bij haar slaap.

Beer grinnikte, waarna hij de waterstraal op een zeehondendrol richtte. Pats, de drol schoot het leeglopende bassin in. Jammer, dacht Beer, jammer dat die drol niet iets verder is geschoten. In de nek van Carmen-schatje bijvoorbeeld. Een zeehondendrol is vast en zeker ook goed voor je huid, bedacht Beer glimlachend. Toen werd hij door een luid schreeuwend gejammer uit zijn gedachten gehaald. Geschrokken keek hij Merel aan, die in de richting van Carmen wees.

'Ik wil het! Ik wil het! Ik wil het!' riep Carmen stampvoetend. Ze was knalrood en het leek alsof haar hoofd ieder moment kon ontploffen.

'Wat wil je, pompoentje van me?' vroeg haar vader met een poeslief stemmetje.

'Ik wil een zeehond voor mijn verjaardag.'

'Een zeehond? Maar die stinken!'

'Nietes! Ik wil een zeehond voor mijn verjaardag.'

'Wil je niet liever een paard?'

'Ik heb al twee paarden.'

'Een hond dan?'

'Ik hou niet van honden.'

'Een ezel?'

'Ezels zijn koppig.'

'Jij anders ook,' mompelde Beer, zo zachtjes dat alleen Merel het kon horen. Ze gniffelde zachtjes.

'Ik wil een zeehond!'

'Maar lieverd toch, waarom een zeehond? Dan moeten we de hele tuin verbouwen, en je weet wat een hekel je moeder heeft aan verbouwen en stof.'

Carmen pruilde. Haar lip werd groter en groter. Merel keek ernaar en bedacht dat als hij nog groter zou worden, ze er een heel servies op kon zetten. Een poppenservies weliswaar, maar toch minstens een theepot, vier theekopjes en schoteltjes, en misschien zelfs wel een poppensuikerpotje.

'Toch wil ik een zeehond. Dan gaat mama maar gewoon een paar weken naar de Bahama's op vakantie. Ik wil een zeehond.'

'Maar Carmen, schatje toch! Mama is net terug van de Bahama's.'

'Dan gaat ze maar ergens anders heen! Ik wil een zeehond voor mijn verjaardag!' gilde Carmen, nu zo hard dat Merel en Beer van schrik hun handen voor hun oren hielden.

Haar vader zuchtte diep. 'Carmen, schatje, liefje, honingbijtje van me. Als je dan zo graag een zeehond wilt, dan zorg ik dat je er eentje krijgt. Laat me eerst even met je moeder overleggen.' Carmen knikte tevreden terwijl haar vader wegliep. Uit zijn jaszak diepte hij zijn mobiel op en even later stond hij luid te praten en druk te gebaren.

'Ik wil een zeehond. Ik wil die,' riep ze en ze wees naar de kleine zeehond achter het grote raam.

Beer stootte Merel aan. 'Volgens mij bedoelt ze Beerel, onze zeehond.'

'Echt?'

Beer knikte. Hij wist het zeker. Merel sloeg een hand voor haar mond. 'Maar dat kan helemaal niet. Beerel is niet te koop. Bovendien is ze hartstikke ziek.'

Merel klom over het hekje en liep naar Carmen toe. Beer zette de kraan uit en volgde. Merel probeerde met Carmen te praten, maar die keurde haar geen enkele blik waardig. Ze trok zelfs haar gepoederde neus op naar Merel en Beer.

En daar was ook het roze mobieltje weer, vol nep-diamanten. Carmen had hem uit haar roze schoudertasje gehaald, eveneens beplakt met grote diamanten en felgekleurde edelstenen.

'Je hebt gisteren toch al foto's genomen?' vroeg Merel.

'Die zijn niet zo goed gelukt,' antwoordde Carmen en ze maakte een aantal foto's van Beerel. Klik, klik, klik. De flits was zo fel dat Beerel, zelfs achter het veilige grote raam, ervan schrok en onrustig werd.

'Je moet geen flits gebruiken,' zei Merel boos. 'Daar houden dieren niet van.'

Carmen liet haar mobieltje zakken en keek Merel aan alsof ze een vies insect was. 'Wat weet jij daar nou van?'

'Je ziet toch dat ze onrustig wordt,' antwoordde Merel bozer dan net. Ze deed een stap naar voren.

'Waarschijnlijk heb jij nog nooit foto's gemaakt, anders zou je weten dat het te donker is om geen flits te gebruiken.'

'Poeh, waarschijnlijk heb jíj nooit foto's gemaakt, want dan zou je weten dat het raam de flits gewoon reflecteert,' zei Merel.

'Ja, je foto is dan één grote witte vlek,' hielp Beer zijn buurmeisje. 'Volgens mij kun je beter geen foto's maken.'

'Wat een stelletje bemoeiallen zijn jullie, zeg. Ik moet toch weten hoe hij eruitziet als ik hem voor mijn verjaardag krijg? Dan kan ik de zwembadbouwer vertellen welke kleuren hij voor het zwembad moet gebruiken.'

'Hij is een zij en ze heet Beerel.'

Carmen begon hard te lachen. 'Wat is dat voor een beláchelijke naam?'

'Hij heet Beer en ik heet Merel,' zei Merel trots.

'Beer? Ook al zo'n stomme naam!'

Beer moest zich inhouden om het meisje niet een knal voor haar kop te verkopen. Wat een irritant wicht!

'Als ik haar voor mijn verjaardag krijg, geef ik haar meteen een andere naam.'

'Je krijgt haar niet,' zei Beer met een klein stemmetje van ingehouden woede.

'Wat weet jij daar nou van, Béér?' Carmen had nadruk op zijn naam gelegd en begon nu hard te lachen.

'Zeehonden zijn toevallig niet te koop!'

'Wie zegt dat?'

'Dat staat in de wet,' zei Beer.

'Welke wet?'

'De Grote Zeehondenwet van 1867,' antwoordde Beer met serieuze stem, terwijl het hemzelf verbaasde dat hij zo makkelijk kon liegen.

'Wat is dat nou weer voor een stomme wet?'

'Daarin staat dat je zeehonden niet als huisdier mag houden.'

'Huisdier? Wie zegt dat ik hem...'

'Haar,' verbeterde Merel Carmen.

'... haar in huis wil? Gatsie, het idee alleen al. Nee, hij mag in het zwembad in de tuin.'

'Zíj!' verbeterde Merel haar nogmaals. 'Maar zeehonden zijn wilde dieren. Die hebben ruimte nodig om te zwemmen, net als dolfijnen.'

'Wij hebben toevallig een heel grote tuin, met een enorm zwembad. Plaats zat.'

'Toch mag het niet.'

'Pa-hap, zij zeggen dat ik geen zeehond mag.'

'Zo, en wie zijn jullie?' vroeg de vader van Carmen, die erbij kwam staan.

'Eh... wij zijn zeehondenhelpers, meneer.'

'Zijn jullie niet een beetje jong om zeehondenhelpers te zijn?'

'Eh... nee, meneer. Je bent nooit te jong om een zeehondenhelper te zijn.'

De vader van Carmen bromde iets onverstaanbaars.

'Ik wil ook zeehondenhelper zijn,' zei Carmen met een zeurderig, kinderachtig stemmetje.

'Jij helpt zeehonden vooral door ze met rust te laten,' zei Merel.

'Pa-hap.'

'Zo, en nu is het afgelopen met dat gekibbel van jullie. Als mijn honingpotje, mijn bloempje een zeehond voor haar verjaardag wil, dan zorg ik dat ze er een krijgt. Je moeder vindt het goed.'

Met een blik van 'zie je wel dat ik altijd mijn zin krijg' keek Carmen Merel en Beer aan. 'Ik krijg altijd wat ik wil! Let maar op!'

'Kom, Carmen-schatje, wij gaan met de baas hier praten.'

'Zorgen jullie intussen goed voor mijn zeehond!' zei Carmen gebiedend tegen Merel en Beer, waarna ze opgetogen achter haar vader aan huppelde.

Beteuterd keken Merel en Beer haar na.

De meeuw en de vis

'Zo te zien zijn jullie klaar met poep vegen,' haalde Salko's stem Beer en Merel uit hun gedachten.
'Bijna,' zei Merel.
'Salko,' begon Beer, 'kun je een zeehond kopen?'
Salko knikte. Geschrokken keken Merel en Beer elkaar aan. O nee, het zal toch niet waar zijn?
'Een knuffelzeehond, in de winkel.'
'Nee, geen knuffel. Een echte zeehond,' zei Beer.
'Beerel bijvoorbeeld,' zei Merel er zachtjes achteraan.
Salko kneep zijn ogen tot spleetjes. 'Jullie weten toch best dat je Beerel niet kunt kopen?'
Merel en Beer knikten heftig. Zíj wisten het wel!
'En je kunt Beerel of een andere zeehond ook niet kopen als je heel veel geld hebt?' vroeg Beer, want hij wilde echt zeker weten dat Carmen-schatje en haar vader Beerel niet konden kopen.
'Hoezo? Willen jullie haar dan kopen?'
'Nee, natuurlijk niet,' zei Beer snel.
'Wij wisten heus wel dat je een zeehond niet kunt kopen,' zei Merel. 'Maar... ze zeggen altijd dat alles te koop is! Helemaal als je stinkend rijk bent.'
Salko begon hartelijk te lachen. 'Ik kan jullie vertellen dat niemand zomaar een zeehond kan kopen!'

'Zelfs niet als je de koningin of de president van een groot machtig land bent?' kon Beer niet nalaten te vragen.

Salko schudde bulderend van het lachen zijn hoofd. 'Wat stellen jullie toch rare vragen! Zeg, als jullie klaar zijn met poep vegen, mogen jullie naar het grote bassin gaan.'

'O nee, moeten we daar ook poep vegen?' kreunde Beer, die het kleine bassin groot genoeg vond voor deze poep-klus.

'Nee hoor, de zeehonden worden gevoed. Daar willen jullie vast bij zijn.'

Beer en Merel knikten gretig. Dat wilden ze voor geen goud missen. Snel liepen ze terug naar het kleine, lege bassin. Ze stonden er net weer in toen Salko nog even naar hen toe kwam.

'Zoals ik gisteren al vertelde, kun je wel een zeehond adopteren,' zei Salko, waarna hij wegliep en in het quarantainegebouwtje verdween.

'O ja,' reageerde Beer. Hij kon het niet nalaten te grinniken. Hij moest meteen weer aan de zeehond in de badkuip denken. Merel blijkbaar ook, want ook zij begon te grinniken. Toen maakten Beer en Merel de fout dat ze elkaar aankeken. Ze schoten onmiddellijk in de lach. Het was zo'n erge lach dat de tranen over hun wangen biggelden.

'Goed te weten dat jullie zoveel lol in jullie werk hebben!' zei Salko. Hij was teruggekomen en liep met een microfoontje in zijn oor langs hen. Hij trok een karretje met zich mee. Het leek op een ijscokarretje. Het zat vol met vis. 'Dan kunnen jullie zo meteen de poep in de vogelhokken van de vloer krabben.'

Het gelach van Merel en Beer verstomde. 'Wat? Vogel-hokken?' vroeg Merel.

'Vogelpoep afkrabben?' vroeg Beer met grote ogen. 'Maar dit is toch een zeehondenopvang?'

'En een natuurmuseum en een vogelopvang en een duin-park en een bezoekerscentrum en een zeeaquarium,' zei Salko. 'Ik geef straks wel een rondleiding, maar nu gaan we eerst de zeehonden voeren.'

Merel en Beer klommen het kleine bassin uit en liepen gehaast Salko achterna. Het was al druk bij het grote bassin. Tientallen bezoekers stonden te wachten tot de zeehonden gevoed zouden worden. Tussen het publiek zag Merel ineens twee bekende gezichten. Ze stootte Beer aan en wees in de richting waar ook Beer even later Truus en Suus ontdekte. Beer kreunde. Ook dat nog. 'Wat doen die hier?' vroeg Beer zachtjes. 'Ze zijn toch zo tégen de zeehondenopvang?'

Merel haalde haar schouders op. 'Die komen vast alleen maar naar de zeehonden kijken om ons vanavond te kunnen vertellen dat ze gelijk hebben. Dat zeehonden vies zijn en stinken. Moet je eens zien hoe groot de zak-doeken zijn die ze voor hun neus houden.'

'Hmm,' bromde Beer. 'Ik vind het maar niets dat ze hier zijn.'

Merel grinnikte.

'Wat is er?'

'Wees blij dat zeehonden geen zeeleeuwen zijn en geen oren hebben, alleen twee gaatjes aan de zijkant van hun hoofd,' zei Merel.

Beer keek haar schaapachtig aan. 'Huh?'

'Nou, met Truus en Suus in de buurt kun je je oren maar beter verstoppen. Voor je het weet, worden die arme zeehonden bij hun oren gegrepen en mee naar de zee gesleept. Ze vinden ze toch vies?'

Beer grinnikte ook. Toch hield hij de twee vriendinnen goed in de gaten. 'Hé, Merel.'

'Wat?'

'Hebben zeeleeuwen dan wel oren?'

Merel knikte. 'Aan de oren kun je zien of het een zeeleeuw is of een zeehond.'

'O, cool!' zei Beer alleen maar.

'Dames en heren,' klonk ineens de stem van Salko door de luidsprekers rondom de bassins. 'Welkom! Voordat ik begin, eerst even een waarschuwing voor degenen die bij mij in de buurt staan, want jullie zouden best weleens nat kunnen worden.'

Een paar volwassenen deden vlug een stap naar achter, maar Merel en Beer bleven dapper staan.

'Ik wil best nat worden als ik daarmee vooraan sta,' zei Beer zachtjes tegen Merel. Ze knikte.

Salko deed de klep van het ijscokarretje open en haalde er een emmer met vis uit. Daarna schoof hij de klep weer dicht, wijzend op de meeuwen die laag boven hen vlogen. In het bassin zwommen de zeehonden intussen onrustig heen en weer. Allemaal hielden ze Salko, of meer de emmer met vis, nauwlettend in de gaten.

'Laat ik u eerst vertellen over onze vaste zeehonden. Deze groep van ongeveer twintig zeehonden is onze bejaardenclub.' Salko pakte een vis uit de emmer en gooide die het water in. Meteen doken een paar zeehonden eropaf. Boven in de lucht krijsten de meeuwen hard.

'Zoals u ziet, hebben sommige zeehonden witte ogen. In de vaste groep leven vooral heel oude dieren. Deze hebben last van ouderdomsstaar. Ook hebben we een aantal dieren die al blind waren toen ze bij ons werden binnengebracht. Die zijn niet oud, maar hebben toch witte ogen.'

Twee zeehonden vonden duidelijk dat Salko te lang praatte en kropen het bassin uit. Ze bleven op de rand liggen. Een paar kleine kinderen gilden. Zo waren de zeehonden wel erg dichtbij. De twee keken Salko verlangend aan. Salko gaf ze allebei een vis, waarna ze zich terug in het water lieten vallen. De spetters vlogen in het rond, zo het publiek in. Op Beer en Merel, die naast Salko stonden.

'Iew,' zei Merel, maar ze lachte.

'Gatver,' zei Beer, maar ook hij lachte.

Salko grijnsde. 'Zoals ik al zei: het is gevaarlijk om bij mij in de buurt te staan.'

Merel trok aan de jas van Salko. 'Maar hoe kunnen zeehonden vissen vangen als ze blind zijn?'

'Ah, deze dame naast me stelt een goede vraag,' zei Salko door de microfoon, en hij herhaalde de vraag, zodat iedereen hem kon horen. Intussen gooide hij een voor een de vissen in het water. Behendig werden die door de zeehonden gepakt en verslonden. Toch was er een zeehond die vond dat hij te weinig aandacht en vis van Salko kreeg. Snel kroop hij weer op de rand van het bassin, wachtend op een vis.

'Zoals u misschien wel kunt zien, heeft Koen witte ogen. Hij is blind! Let op wat er gebeurt als ik met mijn hand over zijn snorharen aai.' Salko deed zijn handschoen uit en aaide met zijn vingers over de snorharen van de zeehond. Koen liet het rustig toe, zonder in de vingers van Salko te happen. 'Hij weet dat het geen vis is. Nu pak ik een vis uit de emmer en aai met de kop

van de vis over zijn snorharen.' Salko deed het en meteen hapte Koen in de vis en schrokte hem naar binnen.
'Zijn snorharen zitten vol zenuwen, waarmee hij kan
voelen of er vis in de buurt is.'
'Wauw,' zei Merel.
'Cool,' zei Beer.
Salko gooide de laatste vissen uit de emmer in het water
en spoelde daarna de emmer om in het bassin. 'Zo
snappen ze dat de vis op is en ik niet meer interessant

ben.' Merel en Beer keken naar de zeehonden. Een voor een verdwenen hun koppen onder water en de rust in dit bassin keerde terug. Salko liep met het ijscokarretje naar het volgende bassin, dat door middel van een soort brug met het grote bassin verbonden was. Op het moment dat Salko langsliep, klauterden een paar zeehonden over de brug naar het volgende bassin. Merel en Beer zagen het en moesten lachen.

'Die hopen vast dat ze nog een visje krijgen,' fluisterde Merel in Beers oor. En ja hoor, zodra Salko de eerste vis in het water gooide, waren zij er als eerste bij. Gelukkig had Salko het in de gaten en zorgde hij ervoor dat ook in dit bassin iedere zeehond genoeg vis kreeg. Af en toe dook er een meeuw in het water in de hoop een vis te stelen.

'Ieder jaar vangen we in Ecomare zo'n veertig zeehonden op,' zei Salko. 'Gisteren is Beerel, een huiler, binnengekomen. Ze ligt in quarantaine, omdat ze erg ziek en gewond is.'

Merel zag Truus en Suus verontwaardigd hun hoofden schudden. Bah, stomme dames! Lang kon ze er niet over nadenken, want haar aandacht werd afgeleid door een dikke meeuw. De vogel had een vis van de zeehonden gepikt, maar omdat de vis te groot was, bleef die steken. De staart hing uit de bek van de meeuw. Hij probeerde de vis door te slikken, maar slaagde daar niet in. Zenuwachtig zwom de meeuw rondjes in het bassin. Hij werd achternagezeten door een zeehond, die het waarschijnlijk niet leuk vond dat de meeuw zijn vis had gepikt. Hij hoopte natuurlijk dat de meeuw door de stress de vis zou uitbraken, zodat hij alsnog de vis kreeg. De meeuw deed een paar pogingen om uit het bassin weg te vliegen, maar met die grote vis was hij te zwaar om op te stijgen. Salko hield de meeuw goed in de gaten, want hij wist dat als het de zeehond te lang duurde, hij de meeuw onder water zou trekken om op die manier de vis te krijgen.

Merel en Beer keken ademloos toe. Wat zou er gebeuren? Zou de meeuw kunnen ontsnappen?

Voor de zoveelste keer probeerde de meeuw weg te vliegen, met de vis half in zijn bek. Het lukte. Min of meer. De meeuw kreeg echter geen hoogte en vloog zo laag dat de mensen in het publiek moesten bukken. En precies op dat moment gebeurde het: de meeuw braakte de vis uit en vloog, een stuk lichter geworden, snel weg. De vis viel uit zijn bek het publiek in.

'Ieeeee,' klonk het.

Merel en Beer keken waar de gil vandaan kwam en moesten toen allebei grijnzen. De vis was precies op het hoofd van Truus terechtgekomen en via haar schouders op de grond gevallen. Meteen daarna klom de zeehond die al die tijd achter de meeuw aan had gezeten op de rand van het bassin om zijn vis op te eisen. Truus gilde als eerste, waarna Suus haar voorbeeld volgde en meegilde.

Merel en Beer konden het niet laten heel hard te lachen,

maar Merel bedacht ook dat ze door dit voorval zeehonden waarschijnlijk nog smeriger en viezer zouden vinden. 'Hij doet niets,' riep Salko door het microfoontje. 'Als u zo vriendelijk wilt zijn om de vis op te pakken en in het water te gooien?!'

Maar Truus en Suus piekerden daar niet over. Geen haar op hun hoofd die eraan dacht om die stinkende vis op te pakken en aan dat... dat béést te geven. Verontwaardigd liepen ze weg, waarna een man de vis oppakte en in het bassin gooide. Meteen liet de zeehond zich met een plons in het water vallen en schrokte in één hap de vis op. Het voederen was gedaan, de rust in de zeehondenbassins keerde terug.

Merel stootte Beer aan. 'Hé, volgens mij was dat Henk! Kom, we gaan een praatje met hem maken,' zei Merel en ze trok Beer met zich mee. Maar toen ze op de plaats waren waar Merel hem tussen het publiek had zien staan, was hij nergens meer te bekennen.

'Hè, waar is hij nou gebleven? Net was hij er nog,' zei Merel en ze keek om zich heen.

'Je ziet ze vliegen. Kom, we gaan vogelpoep ruimen,' zei Beer met een grijns.

'Ja, dat zal wel,' mompelde Merel, niet helemaal overtuigd.

Broodje aap en gewokte beer

De volgende ochtend stonden Beer en Merel vroeg op. De vader van Merel wilde uitslapen en kon hen niet wegbrengen. Ook Merels moeder wilde weleens uitslapen. Beer en Merel besloten te gaan lopen, want zo heel ver was het niet van de camping naar Ecomare. Hooguit een minuut of twintig lopen. Uit de grote bedoeïenentent klonk het luide gesnurk van Merels vader.

'Die slaapt prima, zo te horen,' zei Beer.

'Van buitenlucht gaat mijn vader nog harder snurken. Heb jij vannacht lekker geslapen?' vroeg Merel aan Beer, die de eerste nacht geen oog had dichtgedaan. Hij was het helemaal niet gewend om op een matje te liggen en had, als een prinses op de erwt, alle hobbels en bobbels in zijn rug gevoeld.

'Hmm,' bromde Beer.

'Ik heb als een roosje geslapen,' zei Merel.

'Dan heb je zeker eerst al die doornen onder mijn matje gelegd!' bromde Beer. Hij werd altijd ietwat chagrijnig als hij te weinig had geslapen.

'Brombeer,' zei Merel en ze liep met de wc-rol in haar hand naar het toilettenblok dat een tiental meters van hun tent stond.

Beer zuchtte. Nog zoiets waar hij niet aan kon wennen:

met een wc-rol over een camping lopen, zodat iedereen meteen zag dat je naar de wc moest. Hij was er nog niet over uit of hij kamperen leuk of stom vond. Maar van het vooruitzicht dat ze zo meteen weer naar de zeehondenopvang gingen en Beerel zouden zien, werd hij al een stuk vrolijker.

Daar kwam Henk, hun buurman, uit zijn kleine camper met aan beide kanten een brede blauwe streep. Hij had een handdoek en een toilettas bij zich. Die gaat vast douchen, dacht Beer. Hij aaide Brok en Dodo, die kwispelend bij hem stonden. Ook de buren aan de overkant kwamen een voor een hun tent uit gekropen. Hun haren stonden alle kanten op, maar het leek ze niets te kunnen schelen.

De man gaapte en rekte zich eens flink uit. De vrouw liep op een drafje naar de toiletten, maar stopte halverwege. Ze draaide zich om en kwam op een drafje terug, pakte een wc-rol uit de tent en rende weer naar de toiletten. Beer grinnikte. Zijn ochtendhumeur was bijna verdwenen.

Beer snoof. Net zoals Dodo en Brok deden als ze iets roken, stak hij zijn neus in de lucht en snoof de geur op. Het rook naar versgebakken brood. Mmm. Chef-kok Reinardt was vast al bezig iets lekkers te maken. Misschien konden ze voordat ze naar Ecomare gingen even bij hem langsgaan. Wie weet had hij net als eergisteren zoveel gebakken dat er genoeg voor de hele camping was. Mmm, wat rook het lekker.

'Ruik je dat?' vroeg Merel toen ze teruggekomen was.

Beer knikte. 'Kom, we gaan kijken!'

Samen liepen ze naar de tent van de chef-kok.

'Olala, als dat Merel en Beer niet zijn,' riep de chef-kok.

Hij zat voor de tent in het zonnetje op een stoel met een grote beker koffie in zijn hand. Boven op de koffie lag een dikke melkschuimkraag. 'Mijn tent is toch wel veilig voor jullie?'

Merel en Beer kleurden tegelijkertijd rood, want hun avontuur in deze tent waren ze nog niet vergeten.

'Eh... we wilden alleen weten wat u vandaag aan het bakken was,' zei Beer verlegen.

'Logisch, want het ruikt natuurlijk overheerlijk, nietwaar?' zei de chef-kok met een grote glimlach. 'Vandaag bak ik een paar broden. Een notenbrood, een krentenbrood, een zonnepittenbrood en een witbrood. Ze zullen zo wel klaar zijn.'

Merel en Beer liep het water in de mond.

'Zeg, maar hoe gaat het met dat zeehondje dat jullie gevonden hebben?' vroeg de chef-kok toen Merel en Beer op een van de vele stoeltjes waren gaan zitten.

'Ze heet Beerel. Ze was gewond aan haar achterflippers en ze is heel ziek,' antwoordde Merel.

Ineens klonk er een harde piep uit de keukentent.

'Ah, de broden zijn klaar. Ik ga ze uit de oven halen,' zei de chef-kok. Meteen stond hij op en liep de tent in.

Nieuwsgierig keek Merel hem na. In het midden van de tent zag ze een dikke jongen, die haar met twee kraaloogjes aanstaarde. Vast en zeker de zoon van de chef-kok, schoot het door Merels hoofd. Zijn gezicht was knalrood. In zijn hand hield hij een dik belegde boterham, waar hij een enorme hap van nam. Zijn wangen bolden en zijn onderkinnen trilden tijdens het kauwen. Chef-kok Reinardt haalde met grote ovenwanten de dampende broden uit de oven en legde ze neer op de tafel waar zijn zoon zat te eten.

'Ze zijn nu nog te heet om te snijden,' zei de chef-kok, zich verontschuldigend. 'Kom zoon, we gaan naar Eco-mare.'

Merel en Beer keken elkaar snel aan. 'Eh... zei u Eco-mare?'

'Ja?'

'Eh... kunnen wij misschien met u meerijden?' vroeg Beer.

'Weten jullie de weg?'

Beer knikte.

'Mooi. Ik ben vergeten mijn TomTom mee te nemen en ik heb geen zin om te verdwalen.'

'Als u wilt, dan wijzen wij u de weg,' zei Beer. 'Het is hier vlakbij.' Dat was een meevaller. Nu hoefden ze niet te lopen.

De grote zwarte auto van de chef-kok nam twee plekken op het parkeerterrein in.

'Stap maar in, jongens,' zei de chef-kok en hij ontgrendelde de portieren.

Zodra iedereen zat, reed de chef-kok verder.

'Hoi, ik ben Merel,' zei Merel tegen de dikke jongen, die voorin naast zijn vader was gaan zitten. In zijn handen hield hij alweer een dik belegde boterham. Die van net was op. 'En dit is Beer.'

'Eh... eigenlijk heet ik geen Beer, maar Hendrik-Gustav,' vertelde Beer snel.

'Ik heb weleens een beer gegeten,' zei de zoon van de chef-kok ineens. 'Best lekker.'

Merel en Beer slikten.

De chef-kok kuchte. 'Je kent de regel, zoon.'

'Ja pap, eerst jezelf fatsoenlijk voorstellen voordat je over eten praat.' Hij draaide zich om en stelde zichzelf voor als Wijnand van der Ree.

'Heb je echt een beer gegeten?' wilde Beer weten.

Wijnand knikte.

'Waar smaakte die naar?'

Daar moest Wijnand even over nadenken. 'Gewoon, naar beer.'

'O,' wist Beer alleen maar uit te brengen.

'Wat gaan júllie in Ecomare doen?' wilde de chef-kok weten.

'Wij werken daar,' zei Merel trots.

'Sinds gisteren,' vulde Beer zijn vriendin aan.

'En wat gaan jullie in Ecomare doen?' vroeg Merel.

'O, we zijn op zoek naar een zeehond,' zei de chef-kok. In het achteruitkijkspiegeltje zag Merel dat de chef-kok zijn zoon een knipoog gaf. Ze vond het vreemd. Waarom zou je knipogen als je op zoek bent naar een zeehond?

'U moet hier trouwens naar links,' zei Beer.

Meteen gaf de chef-kok een ruk aan het stuur en de auto vloog naar links. Merel en Beer vlogen gezellig mee. Gelukkig hadden ze hun gordel om.

'Om te adopteren?' vroeg Beer, die aan Carmen dacht.

De chef-kok en Wijnand begonnen hard te lachen. 'Adopteren, zei je? Ja, zo kun je het ook bekijken. Ha, ha, die moet ik onthouden.' De lach van de chef-kok bulderde door de wagen.

'Nee, ik adopteer geen dieren. Ik serveer ze liever op een bord met een gouden randje.'

Merel dacht dat ze de chef-kok niet goed verstaan had. 'Eh... serveren?'

'Tja, dat doen chef-koks nou eenmaal. Wisten jullie trouwens dat Wijnand mijn persoonlijke voorproever is?'

'Voorproever?' vroeg Beer met een schuin oog naar Wijnand.

'Alle nieuwe recepten die mijn vader bedenkt en kookt, bakt, frituurt, wokt of stoomt, proef ik eerst,' legde Wijnand uit. Zijn borst was van trots gezwollen tot het formaat van een vorstelijke watermeloen.

De chef-kok klopte voldaan op het been van zijn zoon. Meteen rechtte Wijnand zijn rug nog meer en even was Merel bang dat zijn buik, die al bijna het dashboardkastje raakte, zou exploderen. Ze hield haar adem in en blies die pas weer uit toen Wijnand even later als een plumpudding ineenzakte. 'Hij is de beste voorproever die ik ooit heb gehad. Zonder goedkeuring van mijn Wijnand komt een nieuw gerecht niet op de menukaart. Hè, zoon?'

Zoonlief grijnsde zijn tanden bloot. 'Ik heb al heel wat gerechten geproefd, hè pap?'

'Ja, dat is te zien,' mompelde Beer binnensmonds.

'Wat zei je?' wilde Wijnand weten.

'O, niets,' zei Beer en hij keek snel naar buiten. 'U moet hier naar links.'

En hup, daar vlogen ze weer met z'n allen naar links.

'Hij heeft ook heel wat gerechten afgekeurd, als ze té verfijnd waren,' zei de chef-kok. 'Hij is een zoon van zijn vader en net zo'n gemiddelde proever. Beter dan al die fijnproevers.'

'Maar je kunt toch beter een fijnproever zijn?' vroeg Merel verbaasd.

'Welnee, hoe kom je aan die onzin? Een gemiddelde proever heeft een gemiddelde smaak en dat is precies wat een restaurant nodig heeft.'

Verward keken Merel en Beer naar de rug van de chef-kok. Die lachte in het achteruitkijkspiegeltje. 'Zeg nou zelf; het merendeel van de Nederlanders heeft een gemiddelde smaak wat eten betreft en als je hun dan iets voorschotelt van een fijnproever halen ze allemaal hun neus ervoor op. Nee, die zoon van mij is goud waard. Hij is zo goed dat we al tientallen prijzen gewonnen hebben: Kok van het Jaar, de Gouden Garde, de Gouden Pollepel, de Gouden Koksmuts en ga zo maar door. Zeg, zijn we er nou onderhand eens? Voor mijn gevoel rijden we zo het eiland af.'

'Bij de volgende kruising moet u weer linksaf. Dan zijn we er,' zei Beer en hij wees naar de parkeerplaats die in het zicht kwam.

'Maar wat doen jullie dan hier?' wilde Merel weten toen de chef-kok de auto had geparkeerd.

'Goede vraag, wijfie,' zei de chef-kok en hij stapte uit.

'Kijk,' ging hij verder toen ze samen naar de ingang van Ecomare liepen. 'Het restaurant heet natuurlijk niet voor niets In het Bijzondere Dier en Zoon. Ieder seizoen staat er een bepaald bijzonder dier op het menu. Och, och, och, we hebben al veel bijzondere dieren op de menukaart gehad, hè zoon?'

Wijnand knikte en begon te likkebaarden bij de gedachte aan al die lekkere, bijzondere dierengerechten. 'In alfabetische volgorde.'

Merel fronste boos haar wenkbrauwen en Beer keek met een verbaasde blik van de chef-kok naar Wijnand en weer terug toen ze het lijstje met bijzondere dierengerechten opsomden.

'Een broodje aap,' begon Wijnand. Hij likte met zijn tong langs zijn dikke lippen.

'Gewokte beer in gembersaus,' zei de chef-kok.

'Peruviaanse cavia.'

'Groenlandse haai op de IJslandse manier klaargemaakt.'

Merel en Beer keken elkaar met grote ogen aan. Merel slikte. Ze durfde het eigenlijk niet te vragen, maar kon haar nieuwsgierigheid niet bedwingen. 'Hoe is die IJslandse manier?'

'Een heel bijzondere manier, want je moet voorzichtig zijn met het vlees van de Groenlandse haai. Een haai kan niet plassen. Dus alle afvalstoffen voert hij af door de huid,' zei de chef-kok.

Wijnand trok een vies gezicht. 'Het vlees van een verse haai stinkt naar pies, echt niet normaal.'

Ook Merel en Beer trokken een vies gezicht.

'Daarom moet je het vlees ingepakt eerst even een paar weken in de grond stoppen en laten sudderen voordat je het kunt bereiden. Op IJsland is het een delicatesse,' zei de chef-kok.

Merel gruwelde. Beer maakte achter de rug van de chef-kok en Wijnand kokhalsbewegingen. Hij hoopte dat ze klaar waren met hun alfabetmenukaart, maar ze gingen vrolijk door.

'Gebakken Australische krokodil,' zei de chef-kok. 'Met een saus van paddenstoelen en zwarte bonen.' Ook hij begon te likkebaarden. 'Vooral de saus was erg lekker.'

'Kangoeroe en struisvogel, ook uit Australië,' ging Wijnand verder.

'O ja, die struisvogel. Wat voor saus zat daar ook alweer bij?'

'Honing-tijmsaus,' antwoordde Wijnand en zijn vader knikte goedkeurend.

'Cambodjaanse gefrituurde vogelspin,' zei Wijnand vrolijk. 'Aan een stokje, als een lolly.'

Merel walgde van het idee van een spin aan een stokje.

'Al die gerechten hebben we bij ons In het Bijzondere Dier op het menu gehad,' zei de chef-kok toen ze voor de ingang stonden. 'En nu zijn we bij de z beland.'
Merel rilde. Ze voelde de bui al hangen.
'De z van zeehond,' verduidelijkte Wijnand ten overvloede.
'Ik kwam op het idee toen jullie dat zeehondje vonden.' Ineens herinnerde Merel zich de woorden die de chef-kok uitbundig had herhaald toen ze de zeehond gevonden hadden. 'De z van zeehond. De z van zeehond. De z van zeehond!' had hij geroepen. Ze had er toen niets van gesnapt, maar had wel al beseft dat er iets niet klopte, alleen had ze toen niet zo gauw kunnen bedenken wat. Merel hapte naar adem. O, nee!
'Wij zijn hier om inspiratie op te doen voor de voor- en hoofdgerechten, want zoals jij al hebt kunnen zien...' De chef-kok haalde het receptenschrift uit zijn zak en zwaaide ermee voor Merels neus. '... heb ik nog weinig ideeën voor een lekker zeehondengerecht. Ik wacht op inspiratie. Het liefst zou ik een zeehond mee naar mijn keuken willen nemen om alvast wat recepten uit te proberen. Hmm, misschien niet eens zo'n slecht idee.' Het laatste had de chef-kok mijmerend gemompeld. Totaal in gedachten verzonken liep hij met Wijnand in zijn kielzog Ecomare binnen. Merel en Beer bleven verbouwereerd buiten staan.

Zeehondensjaal

'Zou hij echt zeehondengerechten op het menu zetten?' vroeg Beer peinzend. Ze liepen naar de personeelsingang, waar ze met Salko hadden afgesproken.

'Ik weet het niet, maar als ik hoorde wat ze allemaal al aan dieren hebben gegeten, dan denk ik wel dat ze zeehondengerechten zullen gaan bereiden,' zei Merel somber.

'Aap, beer, cavia...' somde Beer op.

Merel kreunde. Ze dacht aan Mik en Mak, die thuisgebleven waren. Hopelijk vond tante Trees cavia's niet lekker. Sip opende ze de poort. Salko was er nog niet.

'Kom, we gaan kijken hoe het met Beerel gaat,' zei Beer en hij pakte Merel bij haar hand en trok haar mee naar het grote raam.

Met hun hand als een dakje boven hun ogen tuurden ze naar binnen. Beerel lag in een van de quarantainehokken onder een warmtelamp. Af en toe bewoog ze haar kop en keek hen hulpeloos aan.

Plotseling gleed er een schaduw over hen heen. Toen ze zich omdraaiden, keken ze recht in het opgemaakte gezicht van een dame. Ze was chic gekleed. Om haar nek hingen verschillende kettingen, die goed bij haar donkerrode jurk pasten. Haar lange haar had ze in een ingewikkelde knot van vlechten bijeengebonden. Ze had lange zijden handschoenen aan, die – uiteraard – bij de kleur van haar jurk en de kettingen pasten. Aan haar behandschoende arm hing een gouden handtas van een of ander designmerk. Ze zag er meer uit alsof ze naar een feest ging dan een dagje zeehonden kijken in Ecomare.

'Zeg, jongelui,' riep ze met bekakte stem. 'Enig idee waar ik dat babyzeehondje dat hier eergisteren is binnengebracht kan vinden?'

Merel knikte, terwijl Beer naar het raam wees.

'Ah,' zei de vrouw en ze hield vervolgens haar gezicht bij het raam. Ingespannen tuurde ze naar binnen. Ze klakte met haar tong. Daarna draaide ze zich om en keek Merel en Beer scherp aan. 'Jullie weten zeker dat dit een babyzeehondje is?'

'Ja, mevrouw,' antwoordde Merel beleefd.

De vrouw kneep haar ogen tot spleetjes. 'Vertel me dan maar eens waarom dit zeehondje een grijze vacht heeft.'

'Hoe bedoelt u?' vroeg Beer.

De vrouw zuchtte ongeduldig. 'Nou, zo moeilijk is mijn vraag toch niet? Maar laat ik hem dan anders formuleren: waarom heeft dit zeehondje niet van dat schattige witte bont?'

'Eh... omdat het een gewone zeehond is?' antwoordde Merel. 'Alle baby's van gewone zeehonden worden grijs geboren, mevrouw.'

'Dat heb ik weer, een gewóne zeehond!' De vrouw rolde met haar ogen. 'Dat zal mevrouw leuk vinden, als ze het hoort.'

Merel en Beer staarden de vrouw aan alsof ze van een andere planeet kwam.

'Nooit geleerd dat staren onbeleefd is?'

Snel keken Merel en Beer ieder een andere kant op.

'En er zijn hier zeker geen babyzeehonden die wel een witte bontvacht hebben?'

'Eh... nee, mevrouw. In deze tijd van het jaar worden alleen de jongen van de gewone zeehond geboren,' vertelde Merel.

De ogen van de vrouw lichtten op. 'O, dus er worden hier wel babyzeehonden met een witte vacht geboren?'

'O, u bedoelt de grijze zeehond,' zei Beer.

De eigenaardige vrouw rolde geërgerd met haar ogen. 'Jongen, luister jij eigenlijk wel naar mij? Grijze zeehond, gewone zeehond! Witte zeehond! Ik wil een witte zeehond. Je weet wel, een zeehond met een witte vacht!' Ze stond te stampvoeten op de tegels. Het is altijd een angstaanjagend gezicht als volwassenen zich ineens zo gedragen, maar Beer liet zich niet van de wijs brengen door de vrouw en zei rustig: 'Ik weet precies wat u bedoelt, mevrouw. Maar als u die wilt zien, dan moet u tot januari wachten, want pas dan worden de babyzeehonden van de grijze zeehond geboren en díé hebben een witte vacht.'

Het gezicht van de vrouw verstrakte. 'Januari? Maar zoveel tijd heb ik niet. Mevrouw heeft in augustus haar jaarlijkse internationale theekransje. Al haar vriendinnen, bekenden, kennissen uit binnen- en buitenland komen, en dan móét ze iets nieuws hebben.'

'O,' zei Beer alleen maar. Hij keek Merel even aan, maar die snapte ook niets van de woorden van de chique vrouw. Ze zuchtte diep. 'Nou, dan moet mevrouw het daar maar mee doen. Ik ben creatief genoeg. Ik verzin wel iets anders,' mompelde ze zachtjes. Ze ritste haar designhandtas open en haalde er een potlood en een schetsboek uit. Ze opende het boek op een lege bladzijde en begon driftig te tekenen, terwijl ze af en toe naar Beerel keek. Merel en Beer keken elkaar fronsend aan, waarna ze over haar schouder op het papier gluurden. Daar verscheen de ene na de andere schets. Eerst tekende ze Beerel. De vrouw had er iets bij gekrabbeld, maar Merel kon niet goed zien wat er stond. Toen tekende ze het silhouet van een wat dikkige vrouw in een lange jurk. Hup, daar werd een grote, dikke pijl getekend van Beerel naar de nek van de dikkige vrouw.

'Wat bent u aan het tekenen?' vroeg Merel. Ze kon haar nieuwsgierigheid niet langer bedwingen.

'Ik teken mevrouw.'

'O,' zei Merel teleurgesteld, want nu wist ze nog niets.

Beer tikte op de rug van de vrouw, die verstoord opzij-keek. 'Wat?'

'Eh... is dat Beerel?' Beer wees naar het zeehondje dat boven het hoofd van 'mevrouw' leek te zweven.

'Wie is Beerel nou weer?' vroeg ze pinnig.

Beer wees naar het zeehondje dat achter het raam lag,

met een brok in zijn keel. Wat was hij blij dat ze haar gisteren op het strand gevonden hadden. Hier, in Ecomare, zou ze vast en zeker weer helemaal beter worden.

'Hmm, die naam zal ik verzwijgen voor mevrouw,' mompelde de vrouw zachtjes. Wild sloeg ze het vel om en een tweede mevrouw verscheen op het lege papier, weer net zo dik als op de eerste tekening.

Merel grinnikte. De mevrouw waar de chique vrouw het telkens over had, was in ieder geval een dikke mevrouw, met dikke benen, dikke dijen, dikke armen en een dikke nek. Maar wacht eens even! Wat hing er ineens om de nek van de dikke mevrouw? Beerel?

'Waarom tekent u Beerel om de nek van die dikke vrouw?' vroeg Merel met boze stem. Ze wees naar een slappe Beerel, die als een sjaal om de dikke nek van de vrouw was gedrapeerd.

'Meisje, niet dat het je iets aangaat, maar dat is een schets van de nieuwe sjaal van mevrouw,' zei ze met bekakte stem.

Merel schrok. Beer slikte. 'Eh... nieuwe sjaal?'

'Tjonge, hebben jullie soms zeehondenpoep in jullie oren? Dat zeg ik toch: een nieuwe sjaal voor mevrouw. Maar pas op, het wordt een heel bijzondere sjaal. Het wordt een zeehondensjaal.'

Merel en Beer keken de vrouw aan alsof ze haar niet goed gehoord hadden. Misschien zat er werkelijk zeehondenpoep in hun oren. Dat zou goed kunnen, aangezien ze gisteren veel zeehondenpoep hadden weggeschrobd. 'Zz... zeehondensjaal?'

'Werkelijk! Laat die oren van jullie eens schoonmaken. Ja, een zeehondensjaal.'

'Van zeehond?' vroeg Merel.

'Nee, van een olifant! Ja, natuurlijk van een zeehond. Van díé zeehond!' De chique vrouw wees met haar behandschoende vinger naar Beerel, die precies op dat moment met haar grote zwarte ogen naar buiten keek. Merel rilde. Beer trilde. Wat was dit voor een naar mens? 'Maar... maar... Beerel wordt geen sjaal!' riep Beer boos. De vrouw lachte. 'Natuurlijk wel! Let maar op mijn woorden.'

'Maar... maar...'

'Tut, tut, tut. Niets te maren. Ik ga even met de directeur van deze tent praten. Zodra hij weet dat ik Louise Dessinière ben, eersteklas modeontwerpster van de stinkend rijke mevrouw De la Bretonière-Von Ausweis, krijg ik die zeehond zo mee.'

Voldaan klapte ze haar schetsboek dicht en stapte met elegante passen weg. Ze was twee tellen de hoek om toen de chef-kok en zijn zoon kwamen aangeslenterd. Wijnands wangen stonden bol van een grote hap van een saucijzenbroodje, dat hij in zijn hand hield. Zijn kaken gingen op en neer, op en neer, op en neer, terwijl zijn buik drilde, zijn nek trilde en hij hijgde van het lopen.

'Ah, daar zijn jullie!' zei chef-kok Reinardt.

Maar Merel en Beer waren zo geschokt door wat ze zojuist van Louise Dessinière gehoord hadden dat ze vergaten te reageren. Ze leken net twee standbeelden.

'Hé, joe-hoe. Aarde aan Merel en Beer!' De chef-kok knipte een paar keer met zijn vingers voor hun neus.

Merel knipperde met haar ogen. 'O, hoi.'

'Zeg eens, waar is die zeehond van jullie?' vroeg de chef-kok. Naast hem klonk het gesmak van Wijnand, die nog maar eens een hap van zijn saucijzenbroodje had genomen.

'Daar,' zei Merel zachtjes. Met een trillende vinger wees ze naar de ruit, zoals Beer net ook had gedaan toen Louise Dessinière ernaar had gevraagd.

De chef-kok knikte en boog zich voorover. Niet om door de ruit te kijken, maar om Merel iets te vragen. 'Wat is er met hem aan de hand?' Hij gebaarde met zijn duim in de richting van Beer. Die stond nog altijd als een soort standbeeld voor zich uit te staren.

'Hij is erg geschrokken,' zei Merel.

'Ja, dat zie ik,' zei de chef-kok, waarna hij door de ruit tuurde. 'Hmm, wat een kleintje zeg!'

'Ze is nog heel jong,' zei Merel, terwijl ze zachtjes in de hand van Beer kneep. Ze hoopte dat hij daarop zou reageren, maar het leek niet te helpen.

De chef-kok zuchtte diep. 'Nou, daar moet ik het maar mee doen! Voorlopig,' mompelde hij zachtjes en onmiddellijk ritste hij zijn jaszak open en haalde er een meetlint, een pen en een klein notitieblok uit. De pen en het notitieblokje gaf hij aan Wijnand met de opdracht alles te noteren wat hij zei. Wijnand, die net de laatste hap van zijn saucijzenbroodje had genomen, veegde zijn vette vingers af aan zijn broek en pakte de pen en het blocnote van zijn vader aan.

Voor de tweede keer kneep Merel in Beers hand. Harder en langer deze keer. Maar het hielp ook nu niets. Beer bleef strak voor zich uit kijken.

Intussen rolde de chef-kok het meetlint uit en hield het voor het raam op de hoogte waar Beerel ongeveer lag. 'Dat raam maakt het wel een beetje moeilijk, zo niet onmogelijk,' zei hij binnensmonds. 'Maar ja, het is niet anders.'

Hij hield één oog dicht en zijn tong hing uit zijn mond. Het zag er grappig uit, hoewel Merel geen idee had wat hij aan het doen was.

'Zoon, schrijf op: lengte... eh... tweeëntachtig centimeter.' Wijnands pen kraste over het papier.

'Hoogte: eh... ik denk dertien centimeter, maar ik weet het niet zeker.'

En daar ging de pen van Wijnand weer.

'De zeehond hebben we. Nu de inspiratie nog! Grote grutjes, mijn receptenschrift is nog helemaal blanco.'

'Ik heb al wel een naam voor een gerecht, pa,' zei Wijnand met een grote grijns. Merel zag dat er allemaal stukjes saucijzenbrood tussen zijn tanden zaten. Ze keek snel de andere kant op, want het was een smerig gezicht.

'Wat dan, zoon?'

'Happy Seal Meal.'

'Uitstekend. Als we nou nog meer van dat soort gerechten verzinnen, wordt het nog wat met het z-menu!'

En op dat moment knipperde Beer met zijn ogen en was hij over de eerste schok van de zeehondensjaal heen. Merel kreunde. Het was precies het verkeerde moment, want Beer had de laatste woorden van de chef-kok gehoord.

'Wat? Happy Seal Meal?' Beer had genoeg Engels op school gehad om te weten dat Happy Seal Meal niets anders betekende dan Vrolijke Zeehonden Maaltijd.

Waar is Beerel?

's Middag waren Merel en Beer op de camping. Merels vader was hen komen ophalen en Merels moeder had er alles aan gedaan om Beer te kalmeren. Geen gemakkelijk opgave, want Beer had shock op shock gehad. De zeehondensjaal en de Happy Seal Meal waren hem te veel geworden. Hij was superverdrietig.

Toch was het de moeder van Merel uiteindelijk, met veel geduld, gelukt. Tja, daar zijn moeders voor. Die kunnen alles, zelfs als iets onmogelijk lijkt. Het moet wel gezegd worden dat de moeder van Merel daarin was geslaagd met de hulp van Dodo en Brok. Ze waren geen moment van Beers zijde geweken en hadden hem af en toe om de beurt een flinke lik gegeven.

Onder de hondenlikken zat Beer nu voor de tent. Merel zat naast hem, dicht tegen hem aan. Ze waren aan het mens-erger-je-nieten. Ze was dolblij dat het weer goed ging met Beer.

Merels vader zat met zijn voeten in een teiltje de krant te lezen. Teun kroop op het grote picknickkleed heen en weer. Merel vond hem wel een beetje op een zeehond op het droge lijken, maar ze slikte alle woorden in voordat ze uit haar mond konden komen, want er was vandaag genoeg gesproken over zeehonden. Merels moeder was een of ander ingewikkeld gerecht boven het eenpitsgasstelletje aan het bereiden. Ze neuriede zachtjes.

'Ik ben blij dat het weer goed met je gaat,' zei Merel zachtjes, en ze gooide vijf met de dobbelsteen.

Beer knikte. 'Ik ook.'

Merel nam een chipje uit een grote plastic schaal.

'Merel, Beer, dekken jullie het picknickkleed even? Het eten is over vijf minuten klaar,' riep Merels moeder uit de bedoeïenentent.

'Eh... Beer, haal jij het bestek en de borden uit de tent?' vroeg Merel ineens gehaast. Haar vader keek verbaasd op. Beer knikte alleen maar en verdween de tent in.

'Maar alle spullen liggen in deze kist,' zei Merels vader en hij klopte op een groene ijzeren legerkist die naast hem stond.

'Sst, ik weet het, maar daar komen Truus en Suus aan en die gaan het vast weer over zeehonden hebben,' fluisterde Merel. 'En dat ze tegen opvang zijn. Straks wordt Beer weer superverdrietig.'

'Goed dat je daaraan denkt, schat,' zei Merels vader en hij haalde zijn schone voeten uit het teiltje en stond op. 'Ik hou Beer wel even binnen tot jij het sein veilig geeft.' Merels vader verdween naar binnen.

Merel draaide zich om naar Truus en Suus en zette zich schrap. Maar tot haar grote verbazing stopten de twee vriendinnen niet om, zoals gewoonlijk, een praatje te maken. Zonder op of om te kijken liepen ze straal langs Merel heen en gingen regelrecht naar het parkeerterrein. Merel ademde diep in en uit. Gelukkig waren ze niet gestopt, want hun gezichten stonden op onweer. Vreemd! Ze haalde haar schouders op en riep naar binnen dat ze het bestek gevonden had.

'Hè, lag het bestek gewoon hier?' vroeg Beer toen hij weer buiten kwam.

'Eh... ja, sorry! Ineens wist ik weer dat het in die kist zit,' zei Merel op verontschuldigende toon.

'Dat had je weleens eerder mogen bedenken, want we hebben bijna de hele tent overhoopgehaald,' zei Merels vader, die vlak achter Beer de tent uit was gelopen. Hij klonk boos, maar hij knipoogde naar Merel.

'Sorry, pap,' zei Merel zachtjes. Ze keek snel naar haar voeten, want ze kon haar lachen maar met moeite inhouden.

'Nou ja, vooruit dan maar. Die Beer van jou kan wel rommel maken, zeg,' bromde Merels vader nog wat na. Beer werd knalrood. 'Ik ruim het zo allemaal op.'

'Welnee, ik ben gewoon onder de indruk dat je zo'n enorme rommel kunt maken in zo'n korte tijd,' zei hij en hij woelde met zijn hand door Beers haar. Beer grijnsde.

'O, pap, je voeten,' zei Merel, die nog altijd met haar gezicht naar de grond stond.

Merels vader keek naar beneden en zag dat zijn voeten onder de modder zaten. Hij kreunde en haalde meteen zijn schouders op. 'Nou, die maak ik na het eten wel weer schoon.'

'Geen sprake van,' klonk de strenge stem van Merels moeder. Ze stond in de tentopening met in haar handen een grote pan macaroni à la Ingrid. Het rook heerlijk. 'Geen vieze voeten aan mijn tafel.'

Merels vader begon te bulderen van het lachen. Het was zo aanstekelijk dat ze niet veel later allemaal dubbel lagen. 'Maar schatje, we hebben niet eens een tafel.'

'Nou, laten we in dat geval maar gewoon gaan eten,' zei Merels moeder lachend, waarna ze op het picknickkleed gingen zitten en iedereen zijn bord volschepte. Tijdens het eten wandelden er af en toe campinggasten voorbij. De mannen knikten met hun hoofd terwijl de vrouwen altijd iets zeiden. Allemaal maakten ze een avondwandeling over de camping, naar het strand.

De chef-kok en zijn zoon waren er niet. Hun tent was gesloten en er kwam ook geen goddelijke etensgeur uit hun tentkeuken. Niet dat Merel ooit nog iets zou eten bij die... die... zeehondenbereider.

Het leek wel alsof alleen Henk de Graaf er nog was. Eerder was Merel wat zout bij de buurman gaan halen, want hun zout was op en haar moeder was vergeten een nieuw vaatje te kopen.

Merel was naar de camper van meneer De Graaf gelopen en had netjes aangeklopt. De deur was, na wat gestommel, langzaam op een kier opengegaan en Henk was met een knalrood hoofd tevoorschijn gekomen. Ondanks de kier had Merel naar binnen kunnen kijken en op de campingtafel in het midden van de kleine camper tientallen glazen buisjes met vreemde kleuren in een rek zien staan.

'Wat is er?' had Henk de Graaf geblaft.

'Eh... sorry dat ik u stoor, maar mijn moeder heeft geen zout meer. Kan ik misschien wat zout lenen?' vroeg Merel geschrokken.

'O... eh ja, natuurlijk kan dat. Sorry dat ik zo kortaf deed. Ik was midden in... iets,' antwoordde Henk ineens poeslief. 'Momentje.' Zijn knalrode hoofd verdween en de deur werd met een klap dichtgedaan. Tien tellen later (Merel had geteld) ging de deur weer open en reikte Henk Merel zijn zoutvaatje aan.

'Dank u wel. Ik kom het zo terugbrengen,' zei Merel.

'O, dat hoeft niet. Hou maar. Ik ga morgen toch naar

huis,' zei hij, en de deur werd weer met een klap dichtgedaan.

Verbaasd had Merel naar de dichte deur gekeken en was
toen snel teruggelopen naar de grote tent, want haar
moeder had het zout liever eerder dan later nodig.

De dikke dame, nog steeds in het veel te kleine jurkje,
drentelde voorbij. De buren links zwaaiden en verdwenen ook in de richting van het strand. De oude man
groette hen door zijn rieten hoed af te nemen.

Halverwege de maaltijd kwam Henk
de Graaf langs hen gelopen. Merel
zag dat hij een grote, zwarte tas bij
zich had.

'Ah, eet smakelijk!' zei hij. Hij mof-
felde de zwarte tas achter zijn rug.

'Dank u! Dankzij uw zout is het
een feestmaaltijd geworden,' riep
Merels moeder vrolijk. 'Wilt u
een hapje mee-eten? Er is
meer dan genoeg.'

Merels vader knikte. 'Mijn
vrouw kookt graag voor
een heel weeshuis.'

'Erg vriendelijk van u,
maar ik heb met een
paar vrienden in Den
Burg afgesproken,' ant-
woordde Henk.

'Ach, wat leuk. Zijn ze hier al lang?' vroeg Merels moeder.

'Wie?' Verward keek Henk de Graaf haar aan.

'Uw vrienden!'

'O, eh... nee, ze zijn vanmorgen aangekomen en gaan

morgen alweer terug naar huis. Ik ook trouwens. Nou, nog een prettige avond,' zei hij tegen Merels ouders en hij liep naar zijn camper. Even later tufte hij langzaam voorbij.

'Aardige man,' zei Merels moeder.

'Volgens mij ken ik hem ergens van,' zei Merels vader nadenkend. 'Maar ik heb geen idee waarvan.'

'Misschien kom je er later nog wel op,' zei Merels moeder. 'Zo, wie wil er een toetje?'

Allemaal, op Teun na, staken ze hun vinger hoog in de lucht.

'Nou, dat lijkt me duidelijk. Ik stel voor dat we bij de ijscokar een ijsje gaan halen,' zei Merels moeder.

'Jippie!' juichten Merel en Beer.

'Met of zonder vieze voeten?' vroeg Merels vader proestend.

'Met!' riepen ze allemaal in koor. En daar gingen ze, in een bonte stoet op weg naar de ijscokar.

De volgende dag waren Merel en Beer al vroeg bij Ecomare. Ze wilden Beerel zien. Ze hadden gisteren alleen een glimp van haar opgevangen toen Louise Dessinière en de chef-kok en zijn zoon er ook bij waren. Daarna waren ze meteen naar de camping teruggegaan.

Voorzichtig probeerde Merel of de poort, die alleen voor het personeel van Ecomare bestemd was, al open was. Ze waren erg vroeg en het was de vraag of iemand de deur al had geopend, maar toen Merel de klink naar beneden duwde gaf die meteen mee. De poort zwaaide open. Het was nog stil. Alleen vanuit de grote bassins klonk af en toe het gespetter van zeehonden die daar hun rondjes zwommen.

Zo snel mogelijk liepen ze naar het grote raam waarachter de quarantaineafdeling was. Merel en Beer bogen naar voren tot hun voorhoofd het koude glas raakte. Blij keken ze naar binnen.

'Ik zie haar niet. Jij?' zei Beer na enige tijd.

Merel ademde diep in en uit. De ruit werd wazig. Snel veegde ze hem schoon en keek nog eens. Links en rechts. Ze keek zelfs recht voor zich uit, terwijl ze wist dat daar geen opvanghokken waren. Daar stond alleen een lange tafel met alle medicijnen en verzorgspullen voor de zeehonden erop.

'Nee, ik zie haar ook niet.'

Beer ging op zijn hurken zitten en tuurde van daaruit naar binnen. Maar ook hier... geen Beerel.

'Ze zal toch niet...' Merel durfde de vraag niet te stellen. Het duurde even voordat Beer doorhad wat Merel bedoeld had. 'Wat? Dood zijn? Nee joh, het ging toch juist ietsje beter met haar?' Hij voelde dat zijn spieren zich spanden.

'Maar het kan toch?' zei Merel met een piepstemmetje. Ze moest erg veel moeite doen om haar tranen binnen te houden. 'Misschien is ze vannacht...'

Beer stond op en keek naar Merel, die strak naar beneden keek. Haar armen hingen slap langs haar lichaam. Een beetje onhandig pakte Beer haar hand en hield hem stevig vast.

'Waarschijnlijk is ze alleen maar naar een ander hok gebracht,' zei hij zachtjes. 'Een groter hok.'

'Maar waarom dan?'

'Dat is toch logisch? Omdat het beter met haar gaat,' zei Beer, vrolijker dan hij zich voelde. 'Kom, dan gaan we haar zoeken.' Beer trok Merel aan haar hand met zich mee.

Zinderend zevental

Eerst gingen ze naar de kleine hokken, waar de zeehondenjongen zaten die eerder die maand waren gevonden en die al dikker en gezonder waren. Beer telde
ze. 'Eén, twee, drie, vier!' Maar Merel had allang gezien
dat Beerel er niet tussen zat. Ze wrong zich los van Beer
en liep snel naar de grote bassins. Ze moest oppassen
dat ze niet in de zeehondenpoep stapte die hier en daar
op de stoep langs de bassins lag. Een paar zeehonden
waren vannacht zeker uit het water geklommen om op
de stoep te liggen.
Merel ging op de rand van het bassin zitten en tuurde in
het water. De zeehonden waren moeilijk te zien als ze
onder water heen en weer zwommen. Koen was de
enige die zijn kop meteen boven het water stak. Hij
hoopte dat hij alvast een visje kreeg, hoewel het nog
lang geen voedertijd was. Hij verdween meteen weer
onder water toen hij zeker wist dat hij geen visje zou
krijgen. 'Volgens mij is ze hier ook niet,' zei Merel zachtjes.
Beer schudde zijn hoofd. 'Ik denk het ook niet. Weet je
wat, ik ga naar het rechterbassin, dan kijk jij in het lin-
kerbassin.'
Merel knikte en stond op. Snel rende ze naar het vol-

gende bassin. Ook daar tuurde en tuurde ze in het water. Zeehonden genoeg, maar geen Beerel.

Beer stond bij het bassin met de drie adoptiezeehonden, Rob, Karien en Rianne. Karien zwaaide, Rob brulde en Rianne zwom rondjes. Maar geen enkel teken van Beerel. Beer zwaaide naar Karien en verdween toen naar het volgende bassin.

Daar stond Merel al op hem te wachten. Verwachtingsvol keek ze hem aan. 'En?'

Beer schudde zijn hoofd.

'Wat doen we nu?' vroeg Merel met wanhoop in haar stem.

'Daar is Salko. We moeten het hem vertellen,' zei Beer en hij rende naar Salko, met Merel vlak achter hem aan.

'Salko, Salko, Beerel is verdwenen,' riep Beer hijgend.

'Is ze soms naar een ander hok verplaatst?' vroeg Merel, die nog altijd hoopte dat dit een gruwelijk misverstand was en dat Salko nu zou zeggen dat het zo goed met Beerel ging dat ze haar verplaatst hadden. Maar Salko keek ernstig. Te ernstig voor iemand die weet dat Beerel verplaatst zou zijn. De moed zonk Merel in de schoenen.

'Volgens mij is Beerel gisteren niet naar een ander hok gebracht,' zei Salko en hij liep met forse stappen naar de quarantaineafdeling. Merel en Beer moesten rennen om hem bij te houden.

Salko stormde de quarantaineruimte binnen en zag met één blik dat Beerel inderdaad verdwenen was.

'Wacht, ik kijk eerst in het boek voordat we de ergste dingen gaan denken,' zei Salko tegen Merel en Beer, die met een beteuterd gezicht in de deuropening van het quarantainehok stonden. Het boek, had Salko de eerste dag uitgelegd, was een dik schrift waar alle dierenverzorgers iedere dag elke bijzonderheid in opschreven. Of er gewonde dieren waren binnengebracht, waar ze waren gevonden en wat er met ze aan de hand was. Als Beerel verplaatst zou zijn, zou dat in het boek moeten staan. IJverig bladerde Salko door het boek. Met zijn wijsvinger ging hij langs iedere regel. Hij keek almaar somberder.

'Ze is verdwenen, hè?' vroeg Merel zachtjes.

'Daar ziet het wel naar uit,' zei Salko brommend. Hij draaide zich om en pakte een map met losse papieren. Dat waren de voedingsschema's van de huilers, wist Merel. Ze zag dat Salko het schema van Beerel in zijn handen had. Daarop stonden Beerels naam, de datum waarop ze gevonden was, de vindplaats, de gegevens van haarzelf en van Beer, hoeveel speciale melk Beerel kreeg en welke medicijnen ze nodig had. Er was ook een vakje voor opmerkingen, maar die hadden meestal met de voeding te maken en niet met verplaatsing van dieren.

'Ik lees hier dat ze gisteravond voor de laatste keer de speciale melk en haar medicijnen heeft gehad. Normaal gesproken zou ze...' Salko keek even op de klok die aan de muur hing. Merel en Beer keken met hem mee en zagen dat het acht uur geweest was. '... nu weer gevoed moeten worden en haar medicijnen moeten krijgen.'

Merel schrok. 'Is het heel erg als ze haar medicijnen en voeding niet krijgt?'

'Ze had haar voeding nu ongeveer moeten krijgen. Ze moet echt binnen een paar uur gevonden worden. Ze is nog erg zwak en een hele dag zonder medicijnen kan erg slecht voor haar zijn.'

Merel slikte.

'Ik bel de politie. Jullie blijven hier en zorgen dat er niemand binnenkomt. Nergens aankomen,' zei Salko en hij rende naar de dichtstbijzijnde telefoon.

'Wie zou Beerel gestolen hebben?' vroeg Beer.

'Zou het iemand zijn die van zeehonden houdt?' vroeg Merel.

Beer knikte. Hij begreep haar vraag. Eerder dat jaar waren er bij hen in de buurt allerlei huisdieren gestolen van mensen die een bezoekje van Merels vader hadden gehad. Hij was inspecteur van de Dierenbescherming en ging alleen naar mensen toe als hij had gehoord dat die mensen niet goed voor hun dieren zorgden. Merel en Beer hadden zich een tijdlang afgevraagd of de dierendief iemand was die juist heel erg van dieren hield of iemand die dieren haatte. 'Ik denk het wel.'

'Maar... ik begrijp het niet. Beerel wordt toch juist heel erg goed verzorgd in Ecomare? Dan hoef je haar toch niet te stelen? Of...' Merels stem stokte. Ze werd lijkbleek. Haar lichaam trilde.

'Wat is er?' vroeg Beer bezorgd.

'Of... er is een andere reden om een zeehond te stelen,' zei ze zachtjes.

'Wat dan?'

Maar precies op dat moment kwam Salko teruggerend. Merel gebaarde dat Beer zijn mond moest houden. Ze zou het hem later vertellen.

'De politie komt eraan,' zei Salko. Hij keek somber naar het lege hok van Beerel. 'Ik ga een ronde langs alle bassins maken om te kijken of er nog meer zeehonden weg zijn.' Meteen liep Salko naar buiten. Merel en Beer waren weer samen.

'Wat wilde je net nou zeggen?' vroeg Beer zachtjes.

Merel was nog altijd spierwit. Ze keek om zich heen, want ze wilde zeker weten dat er niemand meeluisterde. 'Ik denk dat Beerel gestolen is door iemand die niet van dieren houdt, en al helemaal niet van een babyzeehond. Er zijn heel wat mensen die een jonge zeehond zouden willen hebben.'

Ze stopte even en keek Beer veelbetekenend aan. Beer keek terug. En toen begreep hij wat Merel bedoelde. 'B-be... d-d-doel j-j-je...' stotterde Beer. Meer kwam er niet uit. Hij was helemaal van slag.

Merel knikte. 'Truus en Suus zijn tegen de zeehondenopvang en hebben zij zelf niet gezegd dat ze zich daarvoor niet schaamden?'

'Maar waarom zouden Truus en Suus een zeehond ste-
len?' vroeg Beer zich hardop af. 'Ze vinden het toch
vieze, stinkende beesten?'
'Je snapt het niet. Ze hebben Beerel gestolen om haar
terug naar de natuur brengen, zodat de natuur toch nog
gewoon haar gang kan gaan.'
'Maar... Maar... daar is Beerel veel te zwak voor.'
Merel knikte langzaam. 'Ik weet het...'
Beer zuchtte diep. 'D-d-de chef-kok en zijn zoon hebben
Beerel gisteren opgemeten.'
'De chef-kok zocht recepten voor het nieuwe z-menu,'
ging Merel zachtjes verder.
'Als zij Beerel hebben, is dat receptenschrift zó vol ge-
schreven,' fluisterde Beer. Hij hapte naar adem. 'En dan
verdwijnt Beerel in de pan.'
'O, nee... of... of... Beerel wordt een sjaal,' zei Merel ont-
steld.
Beer kreunde. 'O nee, Louise Dessinière!'
Beer en Merel moesten even gaan zitten.
'Ik weet nóg iemand voor op ons verdachtenlijstje,' zei
Beer even later.
'Wie dan?'
'Die rijke man. Je weet wel, de vader van... hoe heet ze
ook alweer? Dat verwende meisje dat per se een zee-
hond voor haar verjaardag wil.'
Merel dacht even na. 'Ik krijg altijd wat ik wil-Carmen.'
Ondanks alles grijnsde Beer even. 'Carmen-schatje zul
je bedoelen.'
Merel giechelde. 'Honingbijtje.'
Allebei moesten ze even lachen, maar ze werden snel
weer serieus. 'Wat nou als zij echt altijd krijgt wat ze
wil?' vroeg Merel.

'Dan zou haar vader Beerel weleens gestolen kunnen hebben.'

'Dat zijn best veel verdachten,' zei Merel.

Beer knikte. Hij telde op zijn vingers de verdachten na. 'Zeven.'

'Truus en Suus en de chef-kok en zijn zoon waren gisteravond niet op de camping,' zei Merel ineens.

'Hoe weet jij dat?'

'Truus en Suus liepen gisteren naar hun auto zonder beleefd gedag te zeggen.'

'Maar je weet toch helemaal niet of Beerel gisteravond gestolen is? Misschien is ze vannacht wel gestolen,' zei Beer. 'Waren ze vannacht dan nog steeds allemaal weg?' Merel haalde haar schouders op. 'Dat weet ik niet. Maar wat ik wel weet is dat Beerel vanmiddag weer terug zal zijn,' zei Merel ineens beslist. Ze keek strijdvaardig naar Beer. 'Ze heeft haar medicijnen en voeding nodig.'

Beer knikte. 'Je hebt gelijk. De politie komt eraan.'

Merel schudde haar hoofd. 'Nee, wij gaan op zoek naar de zeehondendief.'

Beer zuchtte diep. Hij dacht aan hun avontuur eerder dat jaar, toen ze op eigen houtje op zoek waren gegaan naar de huisdierendief. Het was goed afgelopen, maar ze hadden flink op hun donder gekregen. 'Kunnen we het niet beter aan de politie overlaten?'

'Daar is geen tijd voor. Die gaat eerst iedereen ondervragen. Het is beter om meteen met ons onderzoek te beginnen. Het is al negen uur. We hebben maar een paar uur om haar te vinden.'

Beer besefte dat Merel niet van gedachten zou veranderen en hij knikte. 'Oké, ik help mee. Waar beginnen we?'

'Kijken of onze verdachten zich verdacht gedragen!' zei Merel.

'Hoe wil je dat doen?'

'Door ze te volgen!'

'Allemaal?' Beer keek zijn vriendinnetje ongelovig aan.

'We splitsen ons op. Ik volg de chef-kok en zijn zoon, en Truus en Suus.'

'Dan blijven Louise Dessinière, de rijke vader en Carmen over. Maar waar vind ik die?'

'Ik durf te wedden dat ze in dat superdure, chique hotel aan het strand zitten,' zei Merel.

'Hoe kom ik daar?'

'Met de bus!'

'Maar hoe komen we hier weg? De politie komt zo en die wil ons vast ook vragen stellen.'

Merel dacht daar even over na. 'Niet als je weer net zo verdrietig wordt als gisteren en misschien zelfs een beetje flauwvalt.'

Beer kreunde. 'Maar ik hoef helemaal niet flauw te vallen.'

'Je kunt doen alsof.'

'Maar...'

'Oei, daar komt Salko aan. Doe je het nou?'

Merel kreeg geen antwoord, want daar viel Beer als een zak aardappelen op de grond.

Louise 'Pimpelpaars' Dessinière

Na een telefoontje van Salko dat Beer was flauwgevallen, kwam Merels vader hen meteen ophalen. Beer speelde zijn rol zo goed dat Merel even dacht dat hij werkelijk was flauwgevallen. Ze maakte zich zorgen om hem, want het was haar idee geweest. Maar Beer knipoogde naar haar toen hij zeker wist dat Merels vader het niet kon zien, en Merel knipoogde opgelucht terug.

Ondersteund door Merels vader aan de ene kant en Merel aan zijn andere kant bereikte Beer even later het autootje en stapte achterin. Hij ging meteen languit op de bank liggen en er zat voor Merel niets anders op dan voorin, naast haar vader, in de auto te kruipen.

Merels vader mopperde aan één stuk door over de verdwijning van Beerel. 'Het is ongehoord!' en 'Belachelijk! Dat kan toch niet?' en 'Wie steelt er nou een zeehond? Een zieke babyzeehond nog wel' en 'Waar gaat dat heen met de wereld? Geen wonder dat Beer weer flauwviel. O jee, dit soort dingen is niet goed voor je gezondheid. Wat nu? Wat nu?'

Merel hield wijselijk haar mond. Als haar vader eenmaal zo aan het mopperen was, luisterde hij naar niets anders dan naar zijn eigen gemopper. Daarom merkte hij ook niet dat Beer langzaam overeind kwam zitten.

Hij merkte evenmin dat Merel zich omdraaide en naar het superdure, chique hotel wees waar ze op dat moment langsreden. Beer wist meteen wat ze bedoelde en tikte een paar keer hard op de schouder van Merels vader.

'Eh... Merels vader!' riep Beer hard om tot Merels mopperende vader door te dringen en boven het megaharde geluid van de piepkleine motor uit te komen. Maar Merels vader was nog lang niet klaar met zijn gemopper en hoorde Beers geschreeuw niet.

Pas een paar tellen later, toen ze voor een stoplicht stonden en de motor stilviel en Beer schreeuwde dat hij dacht dat hij moest overgeven, reageerde Merels vader. Zodra het groen was, reed hij verder en zette de auto een paar meter verderop langs de kant.

Beer stapte uit en liep naar de berm.

'Gaat het?' zei Merels vader. Bezorgd was hij uit de auto gestapt.

'Ik kan niet zo goed tegen het gewiebel achter in de auto,' zei Beer en hij kokhalsde.

Merels vader krabde eens achter op zijn hoofd. 'Hmm, dat is niet zo mooi. De camping is nog wel een stukje hiervandaan.'

'Eh... ik weet misschien wel een oplossing. Ik loop naar dat hotel en dan...' Beer had geen flauw idee wat hij verder moest zeggen, dus deed hij alsof hij weer moest overgeven.

'Misschien is dat niet zo'n gek idee. Ik laat de auto hier staan en dan lopen we er met z'n drieën naartoe. Ik heb eigenlijk wel zin in een kopje koffie.'

'Eh... ik wil jullie niet ophouden. Ik kan er ook in mijn eentje naartoe lopen en dan kom ik vanmiddag terug naar de camping,' zei Beer paniekerig, want dit was niet echt de bedoeling.

'Geen sprake van,' bulderde Merels vader. 'Je denkt toch niet dat ik jou hier alleen achterlaat? Kom, we gaan lopen.'

Er zat voor Merel en Beer niets anders op dan achter Merels vader aan naar het hotel te lopen en dus hun plan te wijzigen.

'Hoe kunnen we nu op onderzoek uitgaan als je vader er de hele tijd bij is?' fluisterde Beer.

Merel glimlachte. 'Ik heb al een nieuw plannetje bedacht.'

'Wat dan?'

Maar in plaats van te antwoorden, liet Merel zien wat ze in haar jaszak had zitten.

'Is dat niet de mobiel van je vader?'

Merel knikte. Beer keek haar vragend aan. 'Ik snap het niet.'

'Let maar op!'

Merels vader liep regelrecht naar het buitenterras, zocht een tafeltje en ging zitten. Meteen pakte hij de menukaart.

'Ik moest vanmorgen zo halsoverkop weg dat ik pas half ontbeten heb,' zei Merels vader verontschuldigend. 'Ik heb eigenlijk wel zin in een gebakken ei met spek. Willen jullie ook iets?'

'Ik wil een appel-kaneelmuffin,' zei Merel meteen.

'Ik wil een chocolade-rozijnenmuffin,' zei Beer.

'Zo, ik zie dat je alweer helemaal beter bent. Fijn!' zei Merels vader en hij wenkte de ober om te bestellen.

'Zo, dat is gedaan,' zei hij vervolgens handenwrijvend.

'Pa-hap?'

'Ja, schat?'

'Moet je mama niet even bellen om te zeggen dat het goed gaat met Beer? Anders maakt ze zich de hele tijd verschrikkelijke zorgen.' Merel knipoogde naar Beer. Nu begreep hij Merels plannetje.

'Ah ja, natuurlijk! Uitstekend idee,' zei hij en hij doorzocht zijn zakken. Merels vader fronste diep. 'Ik denk dat ik mijn mobiel in de auto heb laten liggen.' Zuchtend stond hij op. 'Ik ga hem even halen.'

'Nee pap, dat doen wij wel,' zei Merel snel.

'Lief van jullie.' Langzaam liet hij zich weer in de rieten stoel zakken. Hij keek naar Beer. 'Voel jij je wel goed genoeg om dat stuk heen en terug te lopen?'

Beer knikte verwoed. 'Jazeker, ik denk dat die wandeling juist goed voor me is.'

'Juist ja. Nou, als je het zeker weet, zeg ik daar natuurlijk geen nee tegen.'

Merel en Beer stonden op en maakten dat ze wegkwamen voordat Merels vader het toch niet zo'n goed idee zou vinden. Je weet het nooit met ouders, die kunnen nogal eens van mening veranderen.

In de lobby van het chique hotel hield Merel Beer tegen. 'Oké, we hebben een halfuur. In dat halve uur moeten we erachter zien te komen of Louise Dessinière en Carmen met haar rijke vader hier logeren en of ze zich verdacht gedragen.'

'Ik weet zeker dat Louise Dessinière hier logeert,' zei Beer.

'Hoe weet jij dat nou?'

'Nou gewoon, omdat ze daar zit.'

Merel draaide zich om en zag Louise Dessinière in een leren fauteuil zitten. Ze was druk aan het bellen.

'Kom,' zei Merel en ze trok Beer aan zijn shirt met zich mee.

'Wat gaan we doen?'

'Afluisteren.'

Zo onopvallend mogelijk gingen Merel en Beer ieder in een leren fauteuil zitten vlak bij de modeontwerpster. De fauteuils waren zo zacht en diep dat ze er helemaal in wegzakten. Beer bleef lekker zitten, maar Merel veerde snel overeind en ging op het puntje van de fauteuil zitten, met haar rechteroor naar Louise Dessinière gericht.

'...'

'Vannacht!'

Merel spitste haar rechteroor nog meer dan ze al deed. Het ging vast over de verdwijning van Beerel.

'...'

'Ja, ik weet het! Erg veel pech.'

'...'

Beer keek intussen goed om zich heen. Wie weet zou hij Carmen en haar vader net zo gemakkelijk vinden als hij de modeontwerpster had gevonden. Maar voor zover hij kon zien, waren er alleen maar stokoude mensen in de lobby. Hij draaide zijn hoofd terug naar Louise Dessinière. Ze maakte grote gebaren tijdens het bellen.

'...'

Beer zag dat Louise Dessinière een rood gezicht kreeg.

'Ma-ma.... Maar dat kunt u toch zeker niet menen?'

'...'

Ze kleurde nog roder. Beer en Merel keken elkaar aan. Wat was er aan de hand?

'Na alles wat ik voor u heb gedaan? En dan doet u dit?'

'...'

Oei, dat zag er niet al te best uit. Het gezicht van de modeontwerpster was nu knalrood, tegen het paarse aan.
'Ma-ma... maar u kunt mij toch niet zomaar aan de kant
schuiven voor... voor... voor dat wicht?'
'...'

Het gezicht van Louise Dessinière was officieel paars. Pimpelpaars. Haar gebaren werden steeds wilder.

'Amanda de Korte is een vals kreng.'

'...'

'U weet net zo goed als ik dat ik alles heb gedaan om aan dat babyzeehondje te komen.'

Beer veerde op uit zijn fauteuil. Merel sloeg een hand voor haar mond. Was zij de zeehondendief? Had zij Beerel uit de opvang gestolen om er een sjaal van te maken? Maar waar was Beerel dan? Op haar hotelkamer? Beers hart klopte in zijn keel.

'...'

'Nee, nee, het is waar wat u zegt: het is me niet gelukt.' Merel en Beer keken elkaar verbaasd aan. Hè? Was zij toch níét de zeehondendief?

'...'

'O, en zij kan wel aan zeehondenbont komen?'

'...'

'Canada, zegt u? Zij vertrekt vandaag nog met het vliegtuig naar Canada om daar zeehondenbont te kopen voor uw sjaal?' Louise Dessinière barstte bijna in huilen uit. Merel en Beer keken elkaar opgelucht aan. Het was nu wel duidelijk dat zij Beerel niet had gestolen. Beerel zou geen sjaal worden.

Helikoptervlucht

'Die kunnen we van ons verdachtenlijstje schrappen,' zei Beer. 'Nog zes te gaan.'

Merel knikte. 'We moeten opschieten. We zijn al een kwartier weg.'

Beer liep meteen naar de receptie van het hotel.

'Wat ga je doen?'

'Vragen of Carmen in dit hotel slaapt.'

Op een drafje liep Merel achter Beer aan.

'Eh... meneer!' zei Beer zo beleefd mogelijk. Hij kende dit soort hotels, van de vakanties met zijn ouders. Het was van groot belang om heel erg beleefd te zijn. Maar de man achter de balie keek niet op of om.

Beer kuchte. Merel draaide ongeduldig met haar voet rondjes in het dikke tapijt. Beer kuchte nog eens. Ha, eindelijk. De man achter de balie keek over zijn brillenglazen streng naar Beer en Merel.

'Ik... eh...' De man keek Beer zo verschrikkelijk streng aan dat hij niet uit zijn woorden kwam.

'Meneer, wij zijn op zoek naar Carmen. Zij is ons beste vriendinnetje. Wij zijn hier om haar te verrassen, alleen ben ik vergeten welk kamernummer ze heeft,' zei Merel met een mierzoete stem. Verbaasd hoorde Beer het verhaal van zijn buurmeisje aan. 'En dus wilde ik aan u vragen of u ons misschien kunt vertellen in welke kamer Carmen en haar vader logeren. Dan gaan we haar verrassen.'

'Zo, beste vriendin, zei je?'

Merel knikte.

'En waar ken jij Carmen Megalomania van?'

'Eh...' Merel treuzelde iets te lang met haar antwoord en de man achter de balie glimlachte. Beer zag dat het geen vrolijke glimlach was. Het was eerder een gemene glimlach.

'Net wat ik al dacht,' zei hij. Hij duwde zijn afgezakte bril omhoog op zijn neus en draaide zich om naar een oude dame.

Verontwaardigd trok Merel Beer aan zijn mouw met zich mee. 'Pff, wat een chagrijn,' zei Merel zodra ze buiten gehoorsafstand van de man achter de balie waren.

'Wat nu? We weten niet eens of Carmen en haar vader wel hier logeren,' zei Beer.

Merel grijnsde. 'Ik weet zeker dat ze hier logeren.'

Vragend keek Beer zijn buurmeisje aan.

'Die man noemde Carmens achternaam en die kan hij alleen weten als ze hier logeert.'

Beers ogen lichtten op. 'Ah ja, natuurlijk. Maar daarmee weten we nog steeds niet in welke hotelkamer ze zit.'

Merel zuchtte diep. 'Dat is waar, en we hebben nog maar vijf minuten voordat papa ons gaat zoeken.'

'Dan kunnen we beter teruggaan. Ik heb trouwens trek in mijn chocolade-rozijnenmuffin,' zei Beer.

'Hoe kun je nu aan eten denken? Beerel is gestolen en als ze niet snel gevonden wordt, gaat ze misschien wel dood. Je hebt toch gehoord wat Salko heeft gezegd? Ze moet haar medicijnen hebben.'

'Denk je dat ik dat niet weet?' Boos keek Beer Merel aan.

'Nou, hoe kun je dan aan eten denken?'

'Omdat ik honger heb!' zei Beer, en voordat Merel het wist, liep hij met grote, boze passen de hotellobby uit, rechtstreeks naar het terras waar Merels vader op zijn ei met gebakken spek, zijn dochter en haar vriendje zat te wachten.

Merel bleef alleen achter. Ze zuchtte. Ze wist heus wel dat Beer gelijk had, maar ze maakte zich grote zorgen om Beerel en wilde er alles aan doen om haar zo snel mogelijk te vinden. Voordat het te laat was.

'Psst.'

Merel keek om zich heen. Ze zag niemand. Tenminste, ze zag geen mensen die 'psst' hadden gezegd. Schouderophalend wilde ze de hotellobby uit lopen.

'Psst.'

Weer dat geluid. Iemand probeerde haar aandacht te trekken, maar wie? Ze draaide zich om en keek nog eens goed. Ja, daar achter de marmeren pilaar stond een magere jongen in een rood pak. Hij wenkte haar. Merel keek achter zich om er zeker van te zijn dat hij haar bedoelde. Er stond niemand achter haar en vijf stappen later stond Merel naast de magere jongen in het rode pak achter de marmeren pilaar.

'Hoi, ik heet Johan. Ik werk in dit hotel.'

'Eh... Merel. Wat doe je dan?'

'Ik ben piccolo.'

'Huh? Wat ben je?'

'Piccolo. Dat betekent dat ik de jongste hotelbediende ben. Ik doe allemaal stomme klusjes.'

'O! Draag je daarom dit maffe rode pak?'

Johan knikte. 'Ik hou helemaal niet van rood. Het maakt me dik.'
Merel keek de magere jongen fronsend aan, maar zei niets.

'Ik hoorde je vragen in welke kamer Carmen logeert,' ging Johan verder.

Merel knikte. 'Ja, ze is mijn beste vriendinnetje en ik wil haar verrassen.'

'Leuk idee.'

'Maar die man wilde me niet zeggen in welke kamer ze zit,' zei Merel met een pruillip.

'Dat mag hij niet.'

'Waarom niet?'

'Tja, iedereen kan wel zeggen dat hij het beste vriendinnetje is en voor je het weet, staan er ineens allemaal vreemden voor je deur.'

'Maar ik ben echt haar beste vriendinnetje,' zei Merel met twee rode blosjes op haar wangen. Ze hield er niet van om te liegen, maar in dit geval ging het erom Beerel zo snel mogelijk terug te vinden.

'Ik geloof je. Ken je Carmen al lang?' vroeg Johan, die ineens verlegen naar de grond keek.

'O, al heel lang,' loog Merel.

'Heeft... ze... een vriendje?' Johans wangen kleurden roder dan zijn maffe rode pak.

Ah, nu snapte Merel waarom Johan haar zomaar hielp. Hij was verliefd op Carmen. 'Eh... nee, anders had ze het me zeker verteld.'

Johan keek Merel hoopvol aan. 'Denk je dat ik...'

'Een kans maak bij haar?' vulde Merel Johans onafgemaakte zin aan.

Johan knikte. Merel bekeek Johan van top tot teen en kon zich niet voorstellen dat Carmen op hem zou vallen. Hij zag er wél leuk uit. Dus ze knikte. 'Ik denk het wel, maar je moet vooral niet laten merken dat je verliefd op haar bent, want daar knapt ze meteen op af.'

'Bedankt voor de tip. Enne... zou jij... eh... een goed woordje voor me willen doen bij haar?'

Merel knikte, hoewel het helemaal niet fijn voelde om zo tegen Johan te liegen.

'Carmen zit in kamer 412! Haar vader heeft de kamer ernaast, nummer 414.'

'Dank je wel! Dan ga ik meteen naar haar toe.'

Johan schudde zijn hoofd. 'Dat gaat niet.'

'Waarom niet?'

'Ze zijn er niet. Ze maken een helikoptervlucht boven de eilanden. Ze zijn vanmorgen heel vroeg vertrokken en komen pas vanavond terug in het hotel.'

Merel keek beteuterd. 'O.'

'Ze doen veel,' ging Johan verder. 'Vannacht waren ze ook al weg.'

Merels hart ging sneller kloppen. 'H-hoe... hoezo?'

'Ze vertelden me gisteravond dat ze een nachtwandeling gingen maken over het wad.'

'Een nachtwandeling over het wad?' vroeg Merel. Ze wist helemaal niet dat zoiets kon.

Johan knikte. 'Maar dat kan helemaal niet!' Hij keek haar samenzweerderig aan.

'Waarom niet?' vroeg Merel fluisterend. Haar maag maakte van opwinding een paar hoge sprongen.

'Omdat het vannacht vloed was en dan is het wad door het zeewater ondergelopen.'

Merel had een droge keel. Carmen-schatje en haar vader stonden met stip boven aan het verdachtenlijstje.

'Eh... dank je wel.'

Johan gaf ten afscheid een tikje tegen zijn rode pet en liep toen naar de lift, waar een paar oudjes stonden te wachten. Merel liep meteen naar haar vader en Beer.

'Zo, lekker geplast?' vroeg Merels vader.

'Eh... geplast?'

Beer zond Merel een waarschuwende blik. 'O ja, geplast! Ja, heerlijk geplast, pap.'

'Heb je mijn mobiel?'

'Mobiel?'

'Tjongejonge, waar zit jij met je gedachten? Jullie hebben mijn mobiel toch uit de auto gehaald?' Verwonderd keek hij zijn dochter aan, waarna hij een hap toast nam.

'O ja, je mobiel.' Merel graaide haar vaders mobiel uit haar zak en gaf die aan hem. Hij ging onmiddellijk bellen. Merel merkte dat ze haar gedachten er amper bij kon houden. De woorden van Johan spookten door haar hoofd. Ze moest het zo snel mogelijk aan Beer vertellen.

Toen Beer het een kwartiertje later hoorde, werd hij spierwit. 'Oei, dat is slecht nieuws.'

'Ik weet het! Wat moeten we doen?'

'Doorgaan met ons onderzoek,' antwoordde Beer.

'Waarom? We weten nu toch dat zij Beerel hebben gestolen? Misschien vliegt Beerel nu wel in een helikopter boven Texel.'

'Maar we weten helemaal niet zeker of ze Beerel gestolen hebben. Misschien hebben ze vannacht wel iets heel anders gedaan.'

'Maar waarom zouden ze dan tegen Johan hebben gezegd dat ze gingen wadlopen?'

Beer haalde zijn schouders op. 'Misschien wilden ze niet dat iemand wist wat ze écht gingen doen.'

'Omdat het heel erg geheim was!' maakte Merel zijn zin af.

Beer knikte.

'Oké, maar Carmen en haar vader zijn onze superver-dachten!' zei Merel met een waarschuwende wijsvinger.

'En de chef-kok en zijn zoon, Truus en Suus zijn onze gewone verdachten...'

'... die ook onderzocht moeten worden,' maakte Merel Beers zin af.

Pittig gekruid zeeslagveld

'Pap, stop de auto,' riep Merel ineens.

Merels vader trapte zo hard op rem dat ze allemaal naar voren vlogen. Gelukkig zat iedereen in de riemen.

'Wat is er?'

Merel wees naar een dijk, waar een groepje mensen op een klein parkeerterrein stond.

'Volgens mij is daar iets leuks te doen!' antwoordde Merel.

'Hmm, dan moeten we maar eens gaan kijken,' zei Merels vader en hij reed naar de dijk toe. Merel kneep in de hand van Beer.

'Wijnand en zijn vader,' fluisterde ze zo zacht mogelijk in Beers oor. Haar vader mocht niets in de gaten krijgen. Beer kneep terug.

Merels vader parkeerde zijn piepkleine autootje naast een grote, zwarte wagen. 'Hé, is deze niet van de chef-kok?' vroeg hij toen hij er eindelijk in was geslaagd om uit te stappen, iets wat niet meeviel voor een grote man met een dikke buik.

'Volgens mij wel,' antwoordde Merel en ze knipoogde naar Beer.

'Nou zeg, dat is ook toevallig,' mompelde Merels vader en ze liepen met z'n drieën naar het groepje toe.

Wijnand stond tegen een houten paal geleund en stak af en toe iets in zijn mond. De chef-kok maakte druk aantekeningen in zijn schrift.

'Hij heeft inspiratie,' fluisterde Merel in Beers oor.

'O nee!'

'Ah, als dat meneer de chef-kok en zijn zoon niet zijn,' riep Merels vader enthousiast toen hij de chef-kok zag staan. Die frommelde snel zijn schriftje in zijn zak. Merel draaide zich om om naar Beer om te kijken of hij het ook had opgemerkt, en aan de uitdrukking op zijn gezicht te zien was dat het geval.

'Ah, de man van de vrouw van de kaassoufflé,' begroette de chef-kok hem hartelijk.

Merels vader glunderde. 'Zeg, is hier soms iets leuks te doen?'

'Wijnand en ik gaan wadlopen,' antwoordde de chef-kok. Merels vader draaide zich om naar Merel en Beer. 'Klinkt leuk! Hebben jullie zin om mee te gaan?'

Merel en Beer hoefden daar natuurlijk niet over na te denken en ze knikten allebei.

Wijnand bleef staan waar hij stond en haalde een tweede broodje uit zijn jaszak. Hij deed net alsof hij Merel en Beer niet gezien had.

'Zag je dat net, bij de chef-kok? Ik weet zeker dat het zijn receptenschrift was,' smoesde Merel.

'Het is wel erg verdacht dat hij nu ineens inspiratie heeft,' gaf Beer toe.

'Precies! Een dag nadat Beerel gestolen is! Hij is onze derde superverdachte!'

'We moeten hem tijdens de

144

wandeling goed in de gaten houden,' zei Beer knikkend.

'Wie moeten jullie goed in de gaten houden?' klonk ineens de stem van Wijnand achter hen.

Merel en Beer schrokken op en kleurden. 'O, eh... mijn vader. Hij heeft last van zijn knie, maar doet net alsof er niets aan de hand is.'

'Ik geloof jullie niet,' zei Wijnand met halfdichtgeknepen varkensoogjes.

Schouderophalend liepen Beer en Merel van hem weg. 'Oef, we moeten echt heel voorzichtig zijn. Ze mogen niet in de gaten krijgen dat wij ze verdenken,' zei Beer. 'Ik hou de chef-kok in de gaten, dan let jij op Wijnand,' zei Merel.

Beer knikte, waarna de wadexcursie begon.

'Hoi, ik ben Jessica. Ik studeer biologie en vandaag neem ik jullie mee voor een wandeling over de bodem van de zee,' begon Jessica haar verhaal. Ze stond al een tijdje op de dijk te wachten tot de hele groep van tien man compleet zou zijn. Daarna liepen ze met z'n allen de dijk af, naar het wad.

'Gatver,' riep Wijnand zodra ze een stap op het wad zetten. 'Wat is dit voor een zompige, vieze boel?! Ik ga niet een uur lang in de modder lopen.' Demonstratief draaide hij zich om en klom de dijk weer op. Zijn vader riep hem na dat er nog eten in de auto lag, wat Wijnand beantwoordde met een opgestoken duim terwijl hij gewoon doorliep.

Merel en Beer keken Wijnand na. 'Dat is makkelijk! Nu hoeven we alleen de chef-kok in de gaten te houden,' zei Beer.

'Wat nou als dit een afleidingsmanoeuvre is en hij zo naar Beerel gaat?'

Beer twijfelde, maar toen hij zag dat Wijnand boven op de dijk in het gras ging zitten en iets te eten uit zijn jaszak haalde, was hij ervan overtuigd dat hij daar voorlopig zou blijven zitten.

'Die zompige, vieze boel is modder,' legde Jessica de rest van de groep uit. 'De grond waarop we nu staan, heet een kwelder, het overgangsgebied van de zee naar het land. Het beste kun je je gewicht op je tenen laten rusten als je loopt. Dan kom je niet zo snel vast te zitten.'

Ze liepen een stukje verder. Af en toe legde Jessica iets uit. Dan raapte ze iets van het wad op en liet een schelp zien, een krab of een plantje dat daar groeide. Merel, die dicht in de buurt van de chef-kok bleef, zag dat hij het receptenschriftje weer tevoorschijn had gehaald en er veel in opschreef.

'Dit is zeekraal,' zei Jessica. In haar handen had ze een groen plantje met langwerpige uitsteeksels.

'Lekker bij vis,' mompelde de chef-kok.

Merel zag dat de chef-kok met grote letters het woord 'zeekraal' in zijn receptenboekje noteerde. Met een uitroepteken erachter. Daarna pakte hij wat zeekraal van de grond en stopte het in een plastic zak, die hij aan zijn arm had hangen. Terwijl de groep verder liep, bleef de chef-kok even staan.

Merel draalde en deed net alsof ze iets ontzettend interessants op de grond zag liggen. Ze pakte het op en keek ernaar, maar intussen hield ze de chef-kok goed in de gaten. Ze zag dat hij van de zeekraal op de grond naar zijn receptenschrift keek en toen ineens verwoed begon te schrijven. Hij heeft inspiratie! Merel wist het zeker.

Om niet te veel aandacht te trekken liep ze rustig naar de groep toe. Toen ze langs hem liep wierp ze snel een blik op zijn receptenschrift. Het stond vol aantekeningen en Merel zag zelfs een tekening van een zeehond. De zeehond was in verschillende delen getekend. Merel kon wel raden waarom. Elk zeehondenonderdeel was een ander gerecht. Zoals het Happy Seal Meal! Merels maag draaide zich een paar slagen om.

Hoewel Wijnand nergens heen kon, vertrouwde Beer de zoon van de chef-kok niet. Zo nu en dan draaide Beer zich om en keek naar het bewegingsloze stipje op de dijk. De dijk bleef goed zichtbaar, want de wadwandeling duurde dan wel een uur, maar ze gingen niet zo ver van de dijk vandaan. Iedere keer dat Beer keek was het stipje er nog. Gelukkig maar.

De groep was weer bij elkaar. Ook de chef-kok had hen weer ingehaald.

'Jessica, wat zijn dit?' vroeg Merels vader. Hij had iets in zijn hand en liet het Jessica zien.

'Dat zijn alikruiken, slakken.'

'Volgens mij zijn dit lege alikruiken,' zei Merels vader.

Jessica lachte. 'Daar kom je achter als je er een paar in je hand houdt en een beetje schudt. Dan komen ze er vanzelf uit.'

Merels vader schudde zijn hand en inderdaad kwamen een paar alikruiken uit hun slakkenhuis.

Meteen raapte de chef-kok een aantal alikruiken van het strand en stopte ze in zijn plastic zak, bij de zeekraal. 'Daar kan ik vast een lekker sausje van maken,' mompelde hij en hij noteerde alles in zijn schrift. 'En dan noem ik het "Ali en zijn honderd kruiken"-saus.'

Ze liepen alweer verder. Over de zwarte klei, tussen het groen van verschillende wieren, zeeplantjes en stenen.

147

Hier en daar lagen strandkrabben, die zich snel onder een steen probeerden te verstoppen of wegliepen zodra de groep eraan kwam. Ze liepen zijwaarts, wat een grappig gezicht was. Ook over de strandkrabben vertelde Jessica het een en ander, terwijl de chef-kok er een stuk of drie opraapte en in zijn tasje stopte. En zo ging het telkens.

'Zeesla,' vertelde Jessica, en hup, daar verdween de zeesla in de tas en had de chef-kok er weer een gerecht bij verzonnen.

'Pittig gekruid zeeSLAgveld.'

'Garnalen,' zei Jessica.

'Garnalencocktail,' mompelde de chef-kok.

'Wisten jullie dat alle garnalen als mannetje geboren worden?'

Bijna iedereen in de groep schudde zijn hoofd.

'Dit is een zeester,' vertelde Jessica even later. Ze had een kleine zeester uit een bodempje zeewater gevist.

'Sterren van de zee,' mompelde de chef-kok. Het was de naam van het gerecht met in ieder geval zeester als ingrediënt.

'Een zeester heeft vijf armen,' ging Jessica verder.

'Deze heeft er maar vier en één piepkleine,' zei een jongetje.

'Dan heeft deze zeester een keertje een van zijn armen verloren en nu groeit hij weer aan,' legde Jessica uit.

'Mosselen,' riep een ander jongetje, terwijl hij een zwarte schelp opraapte.

'Mosselsoep,' schreef de chef-kok in zijn schrift.

Alleen bij de zeepokken, de wadpier en de zeeduizend-poot schreef de chef-kok niets op. Die waren vast niet lekker.

Het uur was snel voorbij. Ze liepen alweer terug naar de dijk. Merels vader wandelde naast de chef-kok. Merel en Beer liepen vlak achter hen.

'Reinardt, je hebt vast en zeker heel wat inspiratie voor nieuwe gerechten gekregen, nietwaar?' vroeg Merels vader geïnteresseerd.

'Je moest eens weten!' antwoordde de chef-kok glimla-chend. 'Maar ja, als ik hier geen inspiratie voor nieuwe zeegerechten zou vinden, dan kan ik net zo goed putjes-schepper worden.'

Merels vader lachte beleefd.

'Kunt u al een tipje van de geheimzinnige gerechten-sluier oplichten?'

'Een piepklein tipje dan,' zei de chef-kok en hij fluister-de iets in het oor van Merels vader.

'Oei, dat klinkt voortreffelijk! Wanneer gaat u dat klaar-maken?'

De chef-kok dacht even na. 'Weet je wat? Kom vanavond met je gezin naar mijn restauranttent, dan zijn jullie de eersten die mogen proeven.'

'Fantastisch!' zei Merels vader en hij wreef in zijn handen.

'Nou, dat moet nog blijken. Misschien wordt het heel smerig,' waarschuwde de chef-kok lachend.

'Daar geloof ik niets van,' zei Merels vader, waarna hij op serieuze toon verderging en Merel en Beer hun oren spitsten.

'Nare geschiedenis van dat zeehondje, nietwaar?'

'Verschrikkelijk! Hoe heeft dat zo kunnen gebeuren?' vroeg de chef-kok.

'Tja, gestolen door een of andere zeehondendief,' zei Merels vader.
'Wie doet nu zoiets?'
'Tja, goede vraag! Wie doet nu zoiets? Het zeehondje is ontzettend ziek.'
'Ja, ik weet het. De directeur van de zeehondenopvang vertelde het me,' zei de chef-kok.

'Heb jij met de directeur gesproken?'

'Ach, laat ik maar eerlijk zijn.'

In een reflex greep Merel Beers arm vast en zoog haar adem in één teug naar binnen. Beer verstijfde. Nu kwam de onthulling. De chef-kok had Beerel gestolen voor een van zijn nieuwe gerechten.

Z-menu

Merels vader keek opzij en fronste.

'Ik ben een chef-kok in hart en nieren. Ik was bij de directeur omdat ik dat zeehondje wilde kopen.'

'Kopen? Beerel?'

'Enig idee hoeveel stress een sterrenrestaurant met zich meebrengt? En dan zwijg ik nog over de druk om ieder jaar weer de allerbeste kok te zijn en al die prijzen te winnen.' De chef-kok zuchtte diep. 'Iedere keer moet je met een nieuw menu komen. De mensen willen verrast worden en niet, als ze een tweede keer komen, dezelfde menukaart krijgen. Dat betekent dat ik ieder kwartaal een nieuwe kaart moet maken, met minstens tien nieuwe gerechten. En omdat het restaurant In het Bijzondere Dier en Zoon heet, heb ik ooit bedacht dat er ieder seizoen een bepaald bijzonder dier op het menu staat. In alfabetische volgorde.'

Merels vader knikte. 'Ik snap het al. En nu ben je bij de z beland.'

De chef-kok knikte.

'Vandaar dat je zo dolenthousiast de z van zeehond riep toen we Beerel gevonden hadden.'

'Om heel eerlijk te zijn was ik van plan allemaal overheerlijke zeehondengerechten en zeehondenhapjes op de menukaart te zetten. Mijn zoon had zelfs al een paar namen bedacht: Happy Seal Meal, Huiler met uitjes en Crazy by Seal.'

Merels vader liet een piepklein lachje ontsnappen.

'Ik was razend enthousiast en toen ben ik me echt gaan verdiepen in zeehondengerechten. Maar ik kwam erachter dat zeehond helemaal niet zo lekker is.'

'Juist ja,' zei Merels vader. 'En toen ben je van je zeehondenidee afgestapt?'

Merel kneep in Beers arm.

'Au.'

'Sorry!' fluisterde Merel. 'Het is zo spannend.'

'Ja, maar dan hoef je me toch nog niet zo hard te knijpen?' siste Beer.

'Ja,' antwoordde de chef-kok eindelijk na een gespannen stilte. 'Ik ben van het zeehondenidee afgestapt. En daar moet ik mijn zoon voor bedanken.'

'Huh?' Merel en Beer keken elkaar verbaasd aan. 'Wijnand? De bijzondere-diereneter, een dierenredder?'

De chef-kok draaide zich om en glimlachte naar hen. 'Ja, daar kijken jullie vast van op.'

'Nou ja, eigenlijk wel,' zei Beer.

'Ik snap jullie verwarring, want hij houdt nogal van een goed stuk bijzonder vlees. Hij zal het nooit toegeven, maar hij kan het niet over zijn hart verkrijgen om Beerel aan het spit te rijgen, en ik eigenlijk ook niet,' beeindigde de chef-kok zijn verhaal. 'Ik hoop dat ze de zeehondendief snel te pakken krijgen, voordat het te laat is! Ha, daar is Wijnand. Jongen, je hebt heel wat gemist op het wad. Ik héb me toch een inspiratie gekregen voor nieuwe z-gerechten.'

Wijnands ogen lichtten op. 'Echt?'

'Ik ga vanavond een feestmaal klaarmaken voor iedereen op de camping.'

'Toch geen...'

De chef-kok knipoogde. 'Geen zeehond.'

Wijnand zuchtte opgelucht.

'Welke z wordt het dan, als ik zo brutaal mag zijn?' vroeg Merels vader.

'Zalm,' antwoordde de chef-kok.

'Maar dat is niet echt een bijzondere vis,' zei Merels vader.

De chef-kok lachte. 'Dat is maar hoe je het bekijkt. Wist je dat een zalm tegen de stroom in terug naar zijn geboorteplek zwemt om daar eieren te leggen? Dat is toch behoorlijk bijzonder?'

Merels vader lachte hartelijk.

'Bijzonder knap!'

'Kom, Wijnand, we gaan.' De chef-kok liep naar zijn grote, zwarte auto.

'Hé, Beer!'

Beer draaide zich om en keek recht in het dikke gezicht van Wijnand. Zijn wangen stonden zo bol dat het net leek alsof er twee appels aan de binnenkant zaten.

'Ik heb nooit een echte beer gegeten, hoor,' bekende Wijnand zachtjes.

Beer staarde Wijnand zwijgend aan.

'Ik, eh... wilde alleen een beetje stoer doen.' Wijnand peuterde zenuwachtig aan zijn vingers.

'En al die andere dieren?' vroeg Beer. Hij dacht aan de Peruviaanse cavia, de Groenlandse haai, de Cambodjaanse gefrituurde vogelspin en de Australische krokodil en struisvogel.

'Ja, die wel.'

'O,' reageerde Beer.

'Sorry.'

'Oké.'

'Zie ik jullie vanavond? Bij het feestmaal van mijn vader?'

'We komen alleen als we Beerel gevonden hebben. Anders krijg ik toch geen hap door mijn keel.'

'Ik hoop dat jullie haar vinden.'

'Ik ook!'

Wijnand draaide zich om en sjokte naar de grote, zwarte auto van zijn vader. Daar stapte hij in, naast zijn vader. De chef-kok startte de motor en opende zijn raampje.

'Zeg, ik zie jullie vanavond! En dan hoop ik jullie een feestmaal te kunnen voorzetten.' De chef-kok groette Merels vader, Merel en Beer, en reed van de parkeerplaats weg. Met de rare bekentenis van Wijnand in zijn hoofd liep Beer naar het piepkleine autootje van de vader van Merel en stapte achterin.

'Wat zei Wijnand tegen je?'

Beer haalde zijn schouders op. 'Dat hij nooit beer had gegeten.'

Merel glimlachte. 'Gelukkig maar.'

'Nog maar vier verdachten,' zei Beer.

Nog maar vier verdachten, herhaalde Merel in gedachten.

'Hoe laat is het eigenlijk?' vroeg Beer ineens.

Merel keek op het klokje op het dashboard. Oei! 'Kwart over één.'

Geschrokken keken ze elkaar aan. 'We moeten Beerel heel snel vinden, voordat het echt te laat is.'

'Laten we Salko bellen. Misschien heeft de politie Beerel al gevonden,' zei Beer.

Merel schudde haar hoofd. 'Dan had hij ons heus wel gebeld.'

'Toch ga ik hem even bellen,' zei Merels vader vanaf de bestuurdersstoel. Hij was er inmiddels in geslaagd om ook in te stappen. Uit zijn zak viste hij zijn mobiel en hij belde Salko.

Gespannen wachtten Merel en Beer. Vlak voordat er werd opgenomen, vroeg Merel of haar vader zijn mobiel op de luidspreker kon zetten. Zo konden ze tenminste meeluisteren.

'Salko,' bromde een stem door de auto.

'Ja, hallo, met Thomas Houtsma. Zeg, waar ik voor bel... is er al nieuws over Beerel?'

'Helaas niet. De politie heeft een sporenonderzoek gedaan en ze hebben een afdruk van een laars gevonden. Nu zijn ze bezig iedereen te ondervragen.' Salko klonk somber.

'Slecht nieuws, dus,' zei Merels vader.

'Dat kun je wel zeggen, ja. Hoe gaat het met Beer?'

'O, met Beer gaat het prima. Zodra we in de auto zaten, ging het al een stuk beter met hem. Het zal de spanning wel zijn geweest.' Merels vader knipoogde naar Beer, die met een rood hoofd op de achterbank zat.

'O ja, voordat ik het vergeet: de politie wil Merel en Beer ook graag een paar vragen stellen. Aan het eind van de middag komen ze naar jullie camping.'

'Oké. Nou, sterkte dan maar.' Merels vader hing op. Niemand zei iets. Alle drie staarden ze somber voor zich uit. Ze schrokken zich dan ook een hoedje toen er ineens een vrolijk muziekje klonk. Snel nam Merels vader zijn mobiel op.

'Dag lieverd,' zei Merels vader.

'Dag schat,' klonk de stem van Merels moeder door de auto. De luidspreker stond nog steeds aan. 'Waar zijn jullie?'

'We hebben net een wadwandeling gemaakt en komen nu naar jou en Teun toe.'

'Zou je eerst even naar het dorp kunnen gaan om wat boodschappen te halen? Ik heb geen peterselie meer en de babymelkpoeder is ook al op.'

'Komt voor elkaar, schat.' Merels vader hing op en startte de motor.

Een bank vol zeehonden

Ze reden langs de dijk naar De Cocksdorp.

'Pap, stop!' riep Merel ineens en onmiddellijk trapte Merels vader op de rem.

'Wat is er nu weer?' kreunde Merels vader geschrokken.

'Kijk daar!'

Merels vader en Beer keken in de richting waarin Merel wees en zagen een klein passagiersschip aan een lange houten steiger liggen.

'Laat me raden! Jullie willen met dat schip mee!' zei Merels vader.

Merel knikte.

Merels vader keek op het dashboardklokje. 'Nou, vooruit dan maar. De politie komt pas aan het eind van de middag. Dan hebben we nog wel even de tijd.' En hij reed de auto naar de parkeerplaats. Merel en Beer stapten meteen uit, terwijl Merels vader bleef zitten. Langzaam draaide hij zijn raampje naar beneden. 'Als jullie het niet erg vinden, ga ik niet mee. Ik word al zeeziek als ik naar die boot kijk.'

'Echt niet?' vroeg Merel.

'Echt niet! Ik ga ondertussen die boodschappen voor je moeder halen. Dan is dat ook meteen geregeld.' Hij gaf Merel wat geld en reed vervolgens weg.

'We hebben helemaal geen tijd om te varen,' zei Beer boos. 'We moeten Beerel zoeken.'

Merel lachte geheimzinnig. 'Kijk eens goed naar het dek.'

Beer draaide zich om naar de boot en tuurde van links naar rechts en weer terug het dek over. En daar, helemaal aan het voorkant van het schip, zag hij ze zitten.

Truus en Suus. Ze zaten naast elkaar, allebei met een verrekijker in hun handen.

'Kom mee, we moeten snel zijn, want de boot vertrekt,' zei Merel, en ze renden naar de boot.

'Hé, wacht op ons!' schreeuwde Beer. Gelukkig deed de schipper dat en even later klommen ze aan boord. Hijgend zochten ze een plekje in de buurt van Truus en Suus, maar uit hun zicht. De hartsvriendinnen hoefden niet te weten dat Merel en Beer ook aan boord waren. Met hun rug zaten ze naar Truus en Suus toe.

'Waar gaan we eigenlijk naartoe?' vroeg Beer zich hardop af. Ze zaten boven op het dek van de kleine boot.

'We maken een robbentocht over de Waddenzee,' antwoordde een dame die naast Beer zat. 'Kijk, zie je daar in de verte al die zandbanken?' De dame wees met haar vinger in de verte. Beer en Merel volgden de vinger en zagen inderdaad een paar zandbanken. Ze knikten.

'Daar liggen honderden robben te zonnen en te slapen. Die gaan we van een afstandje bekijken.'

'Cool, een bank vol zeehonden,' reageerde Beer.

'Een zandbank,' verbeterde de dame Beer glimlachend.

'Eh... ja, natuurlijk. Dat bedoel ik ook!'

'Waar we nu varen heet het Eierlandse Gat,' vertelde de dame vriendelijk. 'Dat is het water tussen Texel en Vlieland.'

'Er leven hier zo'n vijftienhonderd gewone en ongeveer duizend grijze zeehonden,' zei de schipper, die even een praatje kwam maken. Een collega had het roer van hem overgenomen.

'Cool,' reageerde Beer enthousiast. 'En die liggen nu allemaal op die zandbank?'

De schipper en de dame lachten. 'Nou, of ze er nu allemaal liggen, durf ik niet te zeggen. Maar veel wel, want het water zakt en dat betekent dat de zandplaten droog komen te staan,' legde hij uit.

'En dat vinden de zeehonden natuurlijk heerlijk,' wist Beer te vertellen, waarna er door iedereen instemmend werd geknikt.

De boot voer in een rustig tempo verder. De wind woei stevig door hun haren. Af en toe sloeg er wat zeewater over de reling, zodat de toeristen nat werden. Sommigen gilden en verdwenen de kajuit in. Anderen vonden het prachtig en bleven stoer aan de reling staan. Meeuwen vlogen met de boot mee in de hoop dat er iets te eten was. Merel en Beer vonden het fantastisch en de robbentocht kon hun niet lang genoeg duren. Maar ze moesten niet vergeten waarvoor ze hier waren en dus keken ze af en toe over hun schouder naar de plek waar Truus en Suus zaten. Die tuurden met hun verrekijkers vooral in de verte.

'Wat een prachtig gezicht...' klonk ineens de stem van Truus. Merel en Beer leunden verder naar achteren om goed te kunnen verstaan wat ze zeiden.

'Nou en of, Truus, moet je al die zonnende en slapende zeehonden zien,' zei Suus.

Truus zuchtte diep. 'We zouden de natuur veel meer haar eigen gang moeten laten gaan.'

'Ja, als het allemaal natuur zou zíjn, moet je de natuur zeker d'r gang laten gaan,' zei een zware mannenstem. Merel draaide zich om. Ze wilde weten wie dat had gezegd. Het was de oude man die naast Suus zat, die zich met het gesprek van Suus en Truus bemoeide. 'Maar weet u, half Nederland is aangelegd. Dat kun je haast geen natuur meer noemen.'

'En wat wilt u daarmee zeggen?' vroeg Truus hooghartig. 'Dat we de natuur níét haar gang moeten laten gaan?'

'Weet u, de Waddenzee bijvoorbeeld is heel druk met mensen en boten. Er wordt veel gevist. We vervuilen de zee. Er zijn zelfs mensen die met auto's over het strand rijden waar zeehonden rustig liggen te slapen. Wij bedreigen de zeehond aan alle kanten. Dan is het logisch dat we ze ook een handje helpen?'

Merel wilde bijna applaudisseren, maar toen bedacht ze dat Truus en Suus hen dan zouden ontdekken en dat wilde ze niet. Verdachten kon je beter volgen als ze niet wisten dat je hen volgde.

'Door ze op te vangen, soms!' Suus keek de man misprijzend aan.

De oude man knikte. Truus en Suus keken elkaar even aan.

'Nou, daar zijn wij het echt niet mee eens.'

De oude man schudde zijn hoofd. 'Zoiets had ik al begrepen. Mag ik u vragen waarom niet?'

'Dat mag u zeker! Het zou beter zijn alle bedreigingen weg te nemen. Het zou beter zijn ervoor te zorgen dat mensen de zeehonden niet storen! Wandelend niet, racend in een auto of boot niet, en vissend niet! Bovendien moet je ervoor zorgen dat er geen giftige stoffen meer in de zee terechtkomen. Begrijp ons niet verkeerd, wij willen ook dat het goed gaat met de zeehonden, maar we zijn tegen de opvang,' zei Truus in één adem.

De oude man knikte. 'Daar zit wat in, dames! Maar toch wil ik weten wat jullie dan precies tegen de zeehondenopvang hebben. Ik kan me niet voorstellen dat iemand daar echt tegen is.'

Truus schraapte eerst haar keel. Daarna gaf ze antwoord. 'Het opvangen van zeehonden helpt de dieren niet werkelijk. Neem nou dat babyzeehondje dat een paar dagen geleden op het strand gevonden is.'

Beer greep Merels arm vast en kneep erin.

'Het beestje was ziek en erg mager.'

'En gewond,' siste Merel in Beers oor.

'Dat zeehondje wordt verzorgd, krijgt medicijnen en wordt volgestopt met eten, net zo lang totdat hij op een goed gewicht zit en gezond is. Daarna wordt hij uitgezet.'

'Prachtig, toch?' zei de oude man.

'Nou nee, want wie zegt dat als je dit zeehondje op deze manier redt, hij geen nieuwe ziekte oploopt en die meebrengt naar de grote groep zeehonden? Misschien heeft dat kleine zeehondje wel een of andere afwijking waar hij in de natuur sowieso aan zou overlijden. Nu red je het dier, maak je hem heel sterk en laat je hem vrij. Dat geredde zeehondje krijgt dan jongen met dezelfde afwijking. En die krijgen dan ook weer jongen met dezelfde afwijking.'

'Klinkt wijs, maar jullie weten toch wel dat er maar een

aantal zeehonden per jaar mag worden opgevangen? Met die paar geredde zeehonden verzwak je de grote zeehondengroep denk ik niet echt,' reageerde de oude man.

'Ik begrijp wel dat mensen een ziek zeehondje willen helpen, maar ik denk dat je door wilde dieren te veel te verzorgen de natuur juist in gevaar brengt.'

'Dus dat babyzeehondje waar u het net over had, had beter aan zijn lot overgelaten kunnen worden?' vroeg de oude man.

'Ja, eigenlijk wel.'

'Maar u begrijpt toch ook wel dat mensen een zieke zeehond altijd willen helpen? Dat zit in ons bloed. Stel je voor dat zieke zeehonden niet meer worden opgevangen; dan gaan mensen ze zelf helpen en zo'n zeehondje mee naar huis nemen om het in de badkuip te verzorgen. Dat wilt u toch ook niet?'

'Nou nee, een zeehond in mijn douche lijkt me niets,' zei Truus.

'Nou dan! Ik heb trouwens begrepen dat het zeehondje waar u net over sprak uit de zeehondenopvang gestolen is,' zei de oude man.

Merel en Beer leunden nog verder naar achteren, met hun oren naar Truus gericht.

'Ik vraag me af hoe dat zeehondje gestolen is,' zei Suus ineens.

'Het is vannacht gebeurd, maar niemand weet nog hoe,' antwoordde de man.

'Grote grutjes, dat is nou ook weer niet de bedoeling,' zei Truus.

'Ik dacht dat jullie tegen de opvang waren. Misschien heeft iemand die net als u niet zo van de zeehonden-

opvang houdt, het zeehondje terug naar de zee gebracht.'

Truus draaide haar gezicht naar de man. 'Met welke
reden?'

'Om de natuur haar eigen gang te laten gaan, natuurlijk.'

'Belachelijk!' zei Suus.

'Ja, inderdaad, een stomme daad,' zei Truus erachteraan.

Merel en Beer keken elkaar verbaasd aan. Nu snapten
ze er helemaal niets meer van.

'Dat zeehondje zat al in de opvang. Je gaat toch geen
gered zeehondje zwak, ziek en misselijk terug in de natuur zetten? Dat is moord!'

Merel viel bijna achterover van verbazing. Ook Beer kon
zijn oren niet geloven.

'Ik hoop dat ze dat zeehondje gauw terugvinden. Het is
wel erg moorddadig om een dier in nood te helpen en
het dan weer aan zijn lot over te laten. O, kijk daar eens.'

Truus wees naar de zandbank.

Zonder dat ze het gemerkt hadden, voeren ze dicht
langs de zandbank, die vol zeehonden lag.

'Prachtig!' zei Truus en ze pakte haar verrekijker en
richtte die op de zonnende, slapende, stoeiende en spe-
lende zeehonden.

'Je haalt de woorden uit mijn mond,' zei Suus glimlachend, en ook zij keek door haar verrekijker naar de
groep zeehonden.

Beer had nog nooit zoveel zeehonden gezien. Hij vond
het geweldig. 'Het zijn er honderden,' zei hij, diep onder
de indruk. Van hem mochten het er nog veel meer zijn,
want van zeehonden kon je nooit genoeg hebben.

165

'Ik hoop maar dat Beerel daar binnenkort ook bij ligt,' zei Merel zachtjes en ze keek met open mond naar een paar jonge zeehondjes die in de branding van de zee aan het spelen waren.

'Ja, maar dan wel gezond en sterk,' vulde Beer zijn vriendinnetje aan.

Pas op de terugweg drong het tot Merel en Beer door dat ze nog maar twee hoofdverdachten hadden: Carmen en haar vader. Misschien moesten ze dat vanmiddag maar aan de politie vertellen.

Vette motorpech

'Als dat die twee smeerpoetsen van de camping niet zijn,' zei Suus toen ze een uur later van de boot af liepen.

Merel en Beer krompen ineen. O nee, ze waren ontdekt. In een reflex sloegen ze hun handen voor hun oren, want ze liepen liever voor gek dan nog een keer in hun oorlel geknepen te worden.

Truus lachte. 'Wat een gekke kinderen zijn jullie toch.'

Suus knikte. 'We doen jullie niets, hoor.'

Merel en Beer haalden hun handen van hun oren, maar hielden Truus en Suus nauwlettend in de gaten. Snel liepen ze naar de parkeerplaats, waar Merels vader al op hen wachtte. Tot hun grote schrik liepen Truus en Suus dezelfde kant op. Sterker nog: ze liepen achter Merel en Beer aan mee naar Merels vader.

'Dag meneer Houtsma,' zei Truus.

'Kunnen wij misschien met u mee terugrijden naar de camping?' vroeg Suus.

'Bent u niet met de auto?'

Truus schudde haar hoofd, terwijl Suus antwoord gaf. 'We zijn hiernaartoe gewandeld, maar onze benen zijn inmiddels te moe om ook helemaal terug te lopen.'

Merels vader knikte en krabde op zijn achterhoofd. Hij

had veel meer boodschappen gedaan dan de bedoeling was geweest en nu stond er op de achterbank een grote boodschappentas. 'Eh... ik denk met wat passen en meten.'

'Pa-hap,' fluisterde Merel op een dringende toon. 'Ze kunnen de bus toch nemen?'

'Tja, dat had gekund. Maar de bus is net weg en de volgende komt pas over een uur, denk ik zo. Bovendien vind ik het niet heel beschaafd om deze twee dames hier achter te laten.'

Merels vader aaide even over haar hoofd en fronste toen zijn wenkbrauwen. Hoewel er twee volwassenen, twee kinderen, een baby en twee honden in het autootje pasten, moest Merels vader toch ook nu eerst een wiskundige berekening maken voordat hij Truus, Suus, Merel en Beer liet instappen.

Truus was lang en dun. Die kon het best achterin. Als Merel en Beer dicht tegen elkaar aan gingen zitten, dan konden die ook op de achterbank. Suus was kort en dik. Zij moest voorin. Maar dan moest ze wel de boodschappentas op schoot nemen, want de achterbak zat vol strandspullen.

Zo gezegd, zo gedaan en een kwartiertje later reed Merels vader zo goed en zo kwaad als het ging naar de camping.

Het was een ritje van hooguit tien minuten. Tenminste, als het autootje niet zo zwaar beladen was geweest. Hortend en stotend kwam het vooruit en gelukkig kwamen ze onderweg geen rotondes of drempels tegen, want dat hadden de auto en de inzittenden niet aangekund. De rit duurde al met al een halfuur.

Opgelucht parkeerde Merels vader zijn auto op de parkeerplaats van de camping en zette de motor uit. Het was vast een grappig gezicht: al die mensen die zich uit het kleine autootje wurmden. Truus, Merels vader, Merel, Beer, de boodschappentas en uiteindelijk kwam ook Suus er met een knalrood gezicht uit. De twee vriendinnen bedankten Merels vader hartelijk en sloegen toen het zanderige paadje naar hun caravan in.

'Hmm, ruiken jullie dat?' Merels vader stak zijn neus in de lucht en snoof de voorbijtrekkende geuren op. Merel en Beer deden hetzelfde.

'Volgens mij is de chef-kok het grote feestmaal van vanavond al aan het klaarmaken. Oef, wat ruikt dat lekker,' zei

Merels vader en hij wreef over zijn bolle buik. 'Laten we snel die boodschappentas in de tent zetten, dan gaan we daarna poolshoogte nemen bij de tent van de chef-kok.'

Hij zette de pas erin, hoewel hij de zware boodschappentas droeg. Somber liepen Merel en Beer achter hem aan. Ze konden nu niet aan een feestmaaltijd denken. Merel had op het dashboardklokje gezien dat het al half-vier was geweest. Beerel moest nu echt heel snel eten en haar medicijnen krijgen.

Maar waar was ze? Ze hadden nog maar twee verdachten, maar die zaten in een helikopter ergens boven de eilanden. Als zij Beerel hadden gestolen, hadden ze het zeehondje natuurlijk allang ergens verborgen. Misschien wel in het zwembad bij Carmen en haar vader thuis, want wie zei dat ze werkelijk een helikoptervlucht over de eilanden maakten? Wellicht waren ze vanmorgen vroeg regelrecht naar hun huis, ergens in Nederland, gevlogen.

Merel zuchtte. Beer slofte. Het leek wel alsof hij lood in zijn schoenen had. Hij kon alleen nog maar aan Beerel denken. Hij maakte zich grote zorgen om haar gezondheid.

'Goedemiddag, mevrouw Esdoorn,' zei Merels vader toen ze even later de dikke dame in alweer een veel te klein jurkje tegenkwamen. Ze stond midden op het zandpad en ze bloosde van top tot teen. 'O, eh... dag meneer Houtsma. Boodschappen gedaan, zie ik?'

Merels vader knikte en liep toen snel verder. Merel en Beer sjokten zonder te groeten achter hem aan.

'Goedemiddag, mevrouw en meneer De Wit,' groette Merels vader hun linkerburen, die hij halverwege het brede zandpad tegenkwam.

'Ah... goedemiddag!' groetten mevrouw en meneer De Wit vriendelijk terug.

'Lekker weertje, nietwaar?'

'Nou en of,' antwoordde Merels vader.

Ook nu zeiden Merel en Beer niets. Ze lieten hun hoofd hangen.

Daarna werden ze nog gegroet door achtereenvolgens de oude man, Dappere Dodo, Brok, Merels moeder, Teuntje en Henk, die voor zijn camper op een stoel zat. Zoals altijd was hij gekleed in een nette korte broek en een stijf gestreken streepjeshemd.

Merels vader liep rechtstreeks de bedoeïenentent binnen om de boodschappentas te kunnen uitruimen en zijn vrouw gedag te zeggen. Beer liet zich languit op het grote picknickkleed vallen.

'Dag meneer De Graaf,' groette Merel hun rechterbuur-man, maar vlak voordat ze de grote tent in wilde stap-pen, bleef ze staan. 'Bent u er nog? U ging vandaag toch terug naar huis?'

Henk de Graaf stond op van zijn stoel en lachte als een boer met kiespijn. 'Ja! Motorpech. Toen ik vanmorgen met mijn camper weg wilde rijden startte de motor niet.'

'Oei, dat is nog eens pech hebben,' zei Merels vader, die de tent alweer uit kwam en naar Henk liep. Omdat Merel in de tent een grote stapel afwas had zien staan, maakte ze dat ze wegkwam en liep met haar vader mee naar de camper van Henk.

'Nou en of, ik wil erg graag naar huis!' zei Henk.

'U zult uw vrouw en kinderen zeker wel missen?'

'Vrouw? Maar ik heb helemaal geen... O, mijn vrouw en kinderen bedoelt u! Ha, ha, zou ik die toch bijna ver-geten in alle motorpechstress. Maar natuurlijk mis ik ze vreselijk.'

Merels vader grinnikte. 'Ha, ha, ja, ik vergeet ook wel-eens dat ik getrouwd ben en kinderen heb.'

Boos keek Merel naar haar vader en gaf hem een stomp tegen zijn arm. Hoe kon je nou vergeten dat je een vrouw en kinderen had? Raar!

'Hé? Waar is dat goed voor? Dat doet verrekte pijn,' zei Merels vader, wrijvend over zijn arm.

'Dan moet je ons maar niet vergeten!' zei Merel boos, waarna haar vader haar lachend over haar hoofd aaide. Snel deed Merel een paar stapjes naar voren, dichter naar de camper van meneer Henk toe.

'Eh... kom je niet te dicht bij de camper?' zei Henk ter-wijl hij met een bozige blik naar haar toe liep.

Geschrokken ging Merel een stukje achteruit. Daardoor merkte ze het geluid van klotsend water nauwelijks op, alsof er iemand met een vlakke hand op het water sloeg. 'Is er al iemand langs geweest om naar uw camper te kijken?' vroeg Merels vader.

Henk de Graaf wierp zijn handen in de lucht. 'Helaas! Nog niemand gezien.' Hij keek op zijn horloge. 'Grote grutjes, is het alweer zo laat? Ik hoop echt dat er snel iemand komt, want ik zou graag de boot van vijf uur willen halen.'

'Zal ik anders even naar uw motor kijken?'

Merel zag dat Henk aarzelde. 'Hebt u er verstand van?'

'Nou nee, eigenlijk heb ik niet zoveel verstand van auto's. Maar twee weten meer dan één, zeg ik altijd maar.' Zenuwachtig keek Henk weer op zijn horloge. 'Nou, dat is misschien wel een goed idee.'

'Dat is helemaal geen goed idee,' klonk ineens de stem van Truus.

Geschrokken draaiden Merel en haar vader zich om. Daar stonden Truus en Suus, wijdbeens en met hun handen in hun zij.

'Wij zeggen altijd dat als je geen verstand van auto's hebt, je er met je tengels af moet blijven, nietwaar Suus?' Suus knikte heftig. Beteuterd keek Merels vader naar de twee vriendinnen.

'En aangezien wij wél verstand hebben van auto's, is het beter dat wij naar die motor kijken, nietwaar?'

Henk knikte als een klein kind dat terecht werd gewezen door zijn moeder, terwijl Truus en Suus naar de motorkap liepen. Automatisch – ze was nog altijd bang voor hun knijpgrage vingers – deed Merel een paar stappen achteruit, dichter naar de camper toe. Deze keer kon Henk haar niet tegenhouden, want hij zat achter het stuur en moest van Truus de motorkap openmaken. Voor Henk en Merels vader het wisten, stonden de twee vriendinnen voorovergebogen naar de motor te loeren.

Truus tikte eens ergens op.

Suus trok eens ergens aan.

'Zoals ik al dacht,' zei Truus.

'Ik dacht hetzelfde,' zei Suus en ze koppelde een slangetje aan een apparaat.

Merel zag haar kans en liep om Henks camper heen. Ze wilde weten waarom ze net niet te dicht bij de camper had mogen komen. Ze liep een rondje en nog een, terwijl ze er goed voor zorgde dat Henk haar niet zag. Maar ze kon niets geks ontdekken. Alleen een paar smerige regenlaarzen, die schijnbaar gedachteloos onder de camper waren gegooid. Zou er binnen iets zijn?

Voorzichtig sloop ze naar de camper en ze wilde net door het raampje kijken, toen er van alles tegelijk gebeurde. Merel hoorde drie verschillende geluiden. Het eerste was het starten van de motor. Het was Truus en Suus gelukt. Tevreden keken ze naar de motor en gaven elkaar blij een hand.

Het tweede geluid was weer het doffe geluid van opspattend, klotsend water. Maar dat werd onmiddellijk overstemd door het derde geluid. Iedereen keek tegelijk omhoog. Een helikopter cirkelde boven de camping.

Meteen vergat Merel alles. Samen met Beer en de anderen holde ze naar de plek waar de helikopter ging landen. Iedereen, groot en klein, dik en dun, oud en jong, wilde weten wie er uit de helikopter zou stappen. Op zo'n manier was er nog nooit iemand naar de camping gekomen.

174

De landing, even later, op een grote zandvlakte naast de camping was een spectaculair gezicht. Het zand stoof alle kanten op. Zodra de helikopter op de grond stond, ging de deur open.

Merel en Beer konden hun ogen niet geloven, want daar stapten hun twee overgebleven superverdachten uit.

De vader van Carmen liep op Merels vader af. 'Meneer, ik hoorde dat Reinardt van der Ree en zoon hier zijn. Klopt dat?'

'Kent u die dan?' vroeg Merels vader.

'Of ik die ken? Maar natuurlijk ken ik Reinardt van der Ree en zoon! Zij zijn immers de beroemde chef-kok en de voorproever van restaurant In het Bijzondere Dier en Zoon!'

Glimlachend keek Merels vader de man aan.

'Zodra ik het hoorde, heb ik de piloot dat toestel van hem om laten draaien en zijn we teruggevlogen naar Texel. Ik moet echt kennismaken met deze chef-kok, zijn zoon en vooral met zijn gerechten,' zei de man likkebaardend. Hij stak zijn neus in de lucht en snoof. 'Is dat wat ik denk dat het is?'

Merels vader knikte en lachte van oor tot oor. 'Ik was net van plan om een kijkje te nemen. Laat ik u voorgaan.' Merels vader draaide zich om en liep van de grote zandvlakte naar van de tent van de chef-kok en zoon. Hij werd op de hielen gevolgd door de man uit de helikopter. Carmen, die al die tijd bij de helikopter was gebleven, liep er met kleine pasjes achteraan.

Op dat moment reed Henk voorbij. Merel en Beer zwaaiden naar hem, maar Henk had blijkbaar zo'n haast dat hij geen tijd had om terug te zwaaien. 'Hij wil vast de boot van vijf uur halen,' zei Merel.

'Dan moet hij opschieten, want het is al vier uur geweest,' zei Beer. Hij schrok van zijn eigen woorden. Met grote ogen staarde hij Merel aan, die verdrietig knikte. 'Zo laat al! Beerel moet echt eten en haar medicijnen krijgen! Maar waar is ze? Misschien weet Carmen het.'

Merel en Beer renden naar Carmen en gingen naast haar lopen. Carmen keek opzij en zuchtte vermoeid. 'O, zijn jullie daar weer.'

Merel grijnsde en vroeg aan Carmen of ze wist dat Beerel gestolen was.

'Wie is Beerel nou weer?' vroeg Carmen en ze bleef stilstaan.

'Dat zeehondje dat jij voor je verjaardag wilde hebben,' zei Beer boos.

'Tss, die wil ik allang niet meer. Zeehonden stinken. Ik wil liever nog een paard. Daar heb je tenminste iets aan. Als jullie het per se willen weten: ik heb er al een uitgezocht. Paps en ik zijn vandaag naar een grote paardenranch ergens in het noorden van Duitsland gevlogen. Kijk!' Carmen klikte haar handtasje open en haalde haar mobiel eruit. Een paar klikjes later staarden Merel en Beer naar de nieuwste aanwinst van Carmen-schatje. 'Ze heet Mindy. Is het geen schatje?'

'Eh... ja, erg mooi!' zei Beer.

'Maar... waar was je vannacht dan?'

Carmen keek Merel vreemd aan. 'Hoe weet jij dat wij weg waren?'

'O, van je geheime aanbidder,' antwoordde Merel zo nonchalant mogelijk. Dit was haar kans om een goed woordje voor Johan te doen, precies zoals ze beloofd had.

'Heb ik een geheime aanbidder?' vroeg Carmen. Ze kon een zelfverzekerde grijns nauwelijks onderdrukken.

'Nou en of!'

'Wie dan?'

'Vertel eerst maar eens waar jij en je vader vannacht waren,' hield Merel vol. 'Jullie waren in ieder geval niet aan het wadlopen.'

Carmen begon met haar voet rondjes in het zand te draaien. 'Kijk, ik... nou ja... het is eigenlijk best een beetje gênant.'

Beer grijnsde. 'Daar houden Merel en ik van.'

'Ik had heimwee naar Ollie,' bekende Carmen ineens.

Merel en Beer keken elkaar aan. 'Ollie?'

'Mijn teckel. Die moest ik thuislaten, omdat hij een beetje ziek is.'

'Maar waarom vertel je dan dat jullie een nachtwandeling op het wad maakten en moest het allemaal zo stiekem?' vroeg Beer. Hij snapte er helemaal niets van.

Carmen rolde geërgerd met haar ogen. 'Ik wil niet dat de roddelbladen erachter komen dat ik heimwee naar een hond heb.'

'Dat is toch niet iets om je voor te schamen?' zei Merel.

'Wel als je Carmen Megalomania bent!' zei Carmen met een diepe zucht. 'Dan moet je vooral de schijn ophouden dat je stoer bent! Vertellen jullie het alsjeblieft niet verder?'

Beer en Merel beloofden met hun hand op hun hart dat ze het nooit verder zouden vertellen.

'Zeg, maar wie is nu mijn geheime aanbidder?'

'Johan, de piccolo van het hotel waar je logeert,' zei Merel zachtjes.

'O, die!' zei Carmen bits, hoewel haar gezicht knalrood kleurde. 'Nou, dag!' En voordat Beer en Merel het wisten, liep Carmen weg.

'Onze verdachten zijn op,' merkte Beer op.

'Zijn jullie Merel en Beer?' klonk ineens een strenge mannenstem.

Een beetje geschrokken draaiden Merel en Beer zich om en keken recht in de gezichten van twee politieagenten.

De achtervolging

'Dus, als ik het goed begrijp...' begon de linkerpolitie-
agent, die zich als Arie had voorgesteld.
'... hadden jullie zeven verdachten, en nu niet één
meer?' maakte Pim, de andere agent, Aries zin af. Ze
zaten met z'n vieren in de bedoeïenentent van Merels
ouders. De agenten op krukjes en Merel en Beer op kus-
sens op de grond. Beer en Merel knikten, terwijl ze naar
hun schoenen keken om niet in lachen uit te barsten.
Arie en Pim praatten precies hetzelfde als Truus en
Suus.
'Jullie weten toch wel dat jullie onnodige risico's genomen hebben, hè?' zei Arie brommend.
Merel en Beer knikten.
'Jullie zijn geen getrainde speurneuzen, zoals wij!' zei
Pim.
Merel en Beer knikten instemmend.
'Ongehoord,' bromde Arie.
'Heel gevaarlijk,' mopperde Pim en hij maakte een paar
aantekeningen.
'En wat nou als een van de verdachten werkelijk de dief
was geweest?' Boos keek Pim van Merel naar Beer.
'Dan hadden we jullie natuurlijk meteen gebeld,' ant-
woordde Beer.

'En alles verteld, zodat jullie de zeehondendief in de boeien konden slaan,' vulde Merel haar vriendje aan.

Arie en Pim bromden goedkeurend. 'Nou, we zullen het deze keer door de vingers zien.'

Het bleef even stil in de tent.

'Hebben jullie sporen gevonden?' waagde Merel het na een tijdje te vragen.

Arie keek Pim bedenkelijk aan. 'Kunnen we het ze vertellen?'

'Tja, waarom niet?'

'We hebben twee sporen gevonden,' begon Arie.

'Een afdruk van een laars,' onderbrak Beer Arie. Toen Arie hem een beetje bozig aankeek, zei hij vlug dat Salko dat aan Merels vader had verteld.

'Juist ja!' zei Arie.

''t Is niet echt een goed spoor, want half Texel loopt op regenlaarzen,' bromde Pim.

'En het tweede spoor?' vroeg Merel ongeduldig en nieuwsgierig.

'Ja, het tweede spoor. Dat waren stukjes glas. We denken dat het afkomstig is van een reageerbuisje,' vertelde Arie.

Merel hapte naar adem. Ze had maar een paar seconden nodig. Toen vielen alle puzzelstukjes in één keer op hun plaats: de 'vergeten' vrouw en kinderen van Henk de Graaf, de snauw die ze kreeg toen ze te dicht bij zijn camper kwam, de deur die op een kier bleef toen ze zout ging lenen, de buisjes in het rek op de tafel, de onder de camper gegooide regenlaarzen, het plotselinge vertrek, zijn irritatie vanwege de motorpech, en het geluid. O nee, het geluid! Ineens drong de betekenis van het opspattende watergeluid tot haar door. Het was Bee-

rel! Ze wist het zeker. Henk de Graaf had Beerel vannacht uit de zeehondenopvang gestolen. Al die tijd had
ze in zijn camper gezeten. O, wat was ze stom geweest!
'Hoe laat is het?' vroeg Merel met trillende stem.
Arie keek op zijn horloge. 'Eh... kwart voor vijf. Hoezo?'
'We moeten naar de boot. Henk heeft Beerel gestolen en
hij probeert haar nu van het eiland te krijgen.' Razend-
snel stond Merel op. 'Kom, we moeten gaan.'
'Ho, ho, ho, dametje, niet zo snel. Dat kan allemaal wel

wezen, maar heb je daarvoor ook keiharde bewijzen?' wilde Arie weten.

'Dat vertel ik onderweg wel, maar nu moeten we echt naar de boot,' drong Merel aan. Ze liep naar de ingang van de tent, hopend dat de twee agenten zouden volgen. Maar Arie en Pim bleven zitten waar ze zaten.

'Eerst hebben jullie zeven verdachten, toen niet één en nu weet je ineens zeker wie het gedaan heeft? Dat is verdacht,' zei Pim.

'Wij gaan niet zomaar achter iemand aan racen zonder dat we weten waarom,' zei Arie.

Merel kreunde luid. 'Maar...'

'Nee, niets te maren. Jullie hebben je oliedom gedragen door zelf achter verdachten aan te gaan in plaats van dat aan ons over te laten,' ging Arie verder.

Hoopvol keek Merel naar Pim. 'Hé, niet naar mij kijken. Ik ben het volledig met mijn collega eens.'

'Dan zijn jullie degenen die oliedom zijn,' klonken ineens de stemmen van Truus en Suus. 'Wij denken dat deze smeerpoets gelijk heeft.' In haar hand hield Truus een paar smerige regenlaarzen omhoog. 'Gevonden op de lege plek waar eerst Henks camper stond.'

'En ik... hoorde toevallig iets over een reageerbuisje?' vroeg Suus.

'We hebben glas gevonden en dat zou weleens afkomstig kunnen zijn van een reageerbuisje,' vertelde Arie.

'Henk had reageerbuisjes in zijn camper! Dat heb ik gezien toen ik van de week langs zijn camper liep juist op het moment dat hij de deur uit ging,' vertelde Suus.

'Zie je nou wel,' zei Merel opgewonden.

'Kom, we hebben geen tijd te verliezen,' riep Truus en ze gaf de vieze regenlaarzen aan Arie en Pim.

'We pakken onze auto,' zei Truus en ze greep Merel bij
de arm en trok haar mee. Suus deed hetzelfde bij Beer.
Gelukkig lieten ze deze keer hun oren met rust.

Op het parkeerterrein stond naast het piepkleine autootje van Merels ouders een megagrote bak. Hun auto
was zelfs nog groter dan de grote zwarte auto van de
chef-kok en zijn zoon. Truus drukte op de afstandsbe-
diening en de sloten van de portieren sprongen open.
'Klim er maar in.'
Merel probeerde het, maar de achterbank was zo hoog
dat ze bijna haar evenwicht verloor. Onmiddellijk kreeg
ze een zetje van Truus, waardoor ze bijna gelanceerd
werd. Beer kreeg dezelfde behandeling, maar Suus was
degene die hem lanceerde.
'Hé, waar gaat u met de kinderen heen?' vroeg Merels
vader streng, die net kwam aangehold. Truus deed het
raampje open. 'We gaan een zeehondendief vangen.'
'Huh? Wat? Waar?' Het waren de enige woorden die
Merels vader kon uitbrengen.
Truus startte de auto. 'Riemen vast.' Het was een bevel,
geen vraag. Daarna sjeesde ze achteruit, keerde en stoof
het parkeerterrein af.
Merel en Beer zwaaiden vanaf de hoge achterbank naar
Merels vader, die hen verbijsterd nastaarde. Vlak voordat Merel en Beer de bocht om gingen, kwam Merels
vader bij zinnen en stapte in zijn eigen autootje. In de
verte kwamen Arie en Pim aangehold. Daarna gingen
ze de bocht om en was iedereen uit hun zicht verdwenen. Het was tien voor vijf.
'Suus, bel jij Ecomare en vraag of Salko zo snel mogelijk
naar de boot komt,' beval Truus terwijl ze het gaspedaal

flink intrapte. Merel en Beer werden tegen de rugleu-
ning van de achterbank gedrukt. Het Texelse landschap
raasde voorbij.

'Gelukkig is er weinig verkeer op de weg,' zei Truus
tegen niemand in het bijzonder. Maar ze had het nog
niet gezegd of er draaide een tractor met een aanhangwagen vol schapen van rechts de grote weg op.

Truus remde zo hard dat de banden ervan piepten. 'Potjandorie,' riep ze. 'Ook dat nog!'

'Truus, rustig blijven,' zei Suus waarschuwend, omdat ze
het rijgedrag van haar vriendin kende. Intussen had ze
Salko aan de lijn gekregen. 'Ja, een kleine camper met
een brede blauwe streep aan weerskanten.'

'...'

'We moeten langs die tractor,' zei Merel vanaf de achterbank. 'We hebben nog maar zeven minuten.'

Met een rood hoofd van opwinding probeerde Truus de tractor in te halen. Maar iedere keer als ze naar de andere weghelft ging, kwam er een tegenligger aan.

'We komen te laat,' riep Beer opgewonden. Zijn hart ging als een razende tekeer. Als ze het maar haalden! Ze waren nu zo dichtbij.

Truus toeterde een paar keer achter elkaar.

'Wat kan de tractor doen, Truus? Hij kan nergens heen,' zei Suus. Toen draaide ze zich om en zei tegen Merel en Beer dat Salko ook naar de boot zou komen.

Truus maakte veel gebaren met haar armen, toeterde nog een paar keer, probeerde weer in te halen, vloekte zelfs stevig en slaakte een zucht van opluchting toen de tractor rechts afsloeg.

'Eindelijk,' zei Truus.

'We halen het nooit,' piepte Beer.

'O jawel, zo waar als ik Truus heet,' zei ze en ze trapte het gaspedaal volledig in. Ze raceten over de weg alsof ze in een Formule-1-wagen zaten.

Ze waren er bijna. Nog maar twee kilometer... een kilometer... vijfhonderd meter...

Ze hoorden de hoorn van de boot. Het vertreksignaal, en voor zover het kon ging Truus nog harder rijden. En toen zagen ze het alle vier tegelijkertijd: de achterkant van de boot. Ze waren te laat. De boot was vertrokken.

'Potjandorie!' riep Truus voor de tweede keer, terwijl ze uit alle macht remde.

'Het zal toch niet waar zijn?' zei Suus beteuterd.

'Jawel, het is waar,' zei Truus teleurgesteld.

'O nee,' kreunde Merel.

'Beerel!' riep Beer.

Bekentenis van een zeehondendief

Bedroefd staarden ze naar de boot toen er op het raam van Truus werd geklopt. Geschrokken draaiden ze alle vier met een ruk hun hoofd om. Ze keken recht in het lachende, stralende gezicht van Salko. Hij stak zelfs zijn duim omhoog.

'Wat valt er te lachen?' vroeg Truus, terwijl ze het raam omlaagdraaide.

'Je zou jullie gezichten eens moeten zien. Jullie kijken naar die boot alsof jullie hem zo terug de haven in willen trekken,' antwoordde Salko.

'Nou, dat is ook zo,' zei Truus pinnig.

'Salko,' riep Merel vanaf de achterbank, 'Beerel zit op die boot. Je moet de politie in Den Helder bellen.'

Salko lachte. 'Zo, moet ik dat?'

'Ja,' riepen Merel, Beer, Truus en Suus tegelijk in koor.

'Beerel zit in de camper van Henk de Graaf,' riep Merel en ze wees driftig naar de boot.

'Nee hoor,' zei Salko.

Merel werd rood. Waarom geloofden volwassenen kinderen nooit? 'WEL WAAR!' schreeuwde ze boos. Samen met Beer stapte ze uit de auto, waar ze stampvoetend verderging met vooral heel erg boos te zijn.

'Nou moet je eerst even kalmeren. Beerel zít niet op die

boot, want we hebben de camper van meneer De Graaf net op tijd kunnen tegenhouden.'

Maar Merel was zo door het dolle heen dat ze hem niet hoorde. 'Waarom geloof je me niet? Beerel zit op die boot! Henk had zijn regenlaarzen onder zijn camper verstopt, maar ik heb ze gezien. En hij heeft over zijn vrouw en kinderen gelogen, want hij heeft helemaal geen vrouw en kinderen! En...'

'Merel?' Beer klopte voorzichtig op haar schouder.

'Beer, laat me. We moeten Beerel redden,' riep Merel boos.

'Beerel ís gered!' zei Beer zachtjes.

Merel kalmeerde een beetje. 'Maar Beerel...'

'Beerel is niet op de boot. Beerel is daar,' zei Beer en hij wees naar een grote bak, die aan de rand van de parkeerplaats stond.

Verbouwereerd keek Merel naar de bak. Er zat inderdaad een zeehondje in. Zonder nog iets te zeggen rende Merel naar de bak en liet zich op haar knieën voor de opening vallen. Achter de veilige tralies staarden twee zwarte, grote ogen haar aan. 'Beerel,' zei Merel zachtjes. 'Dat is Beerel! Maar...'

'Suus heeft me vanuit de auto verteld dat Beerel waarschijnlijk in de camper van die meneer De Graaf zou zitten. Ik ben meteen in de auto gestapt en heb met mijn mobiel de kapitein van de boot gebeld. Die ken ik!'

188

vertelde Salko, die samen met Beer naast Merel hurkte. 'Ik heb hem verteld dat hij een kleine camper met een brede blauwe streep aan beide kanten tegen moest houden. Dat heeft hij gedaan.'

'Maar hoe...'

Salko lachte. 'Ik wist een tussendoorweg naar de boot en was er binnen vijf minuten. Hier heb ik meneer De Graaf vriendelijk gevraagd zijn camper te openen. Dat deed hij, en daar zat Beerel in een plastic kinderbadje midden in de camper. Ik heb haar meteen haar medicijnen gegeven.'

'Waar is meneer De Graaf nu?' vroeg Beer.

Salko wees naar de camper, een eindje verderop. Meneer De Graaf stond er met gebogen hoofd naast. Zijn handen waren met een touw aan elkaar vastgebonden. Voor de zekerheid had Salko het touw aan de camper vastgemaakt.

'Ah, daar komen Arie en Pim ook aan,' zei Salko met een opgeluchte zucht. Met loeiende sirene kwam de politiewagen het terrein op gereden, direct gevolgd door het piepkleine autootje van Merels vader. Alle drie stapten ze met knalrood hoofd hun auto uit. 'Zij zullen Henk de Graaf meenemen naar het politiebureau.'

'Eerst ga ik hem tegen zijn schenen schoppen,' zei Merel woedend, en voordat Salko haar kon tegenhouden rende ze naar Henk de Graaf toe.

'Ik ook,' zei Beer en hij rende achter Merel aan.

Maar toen ze eenmaal voor Henk de Graaf stonden, vonden ze dat het wel erg gemeen was iemand te schoppen die niet terug kon schoppen en ze bedachten zich.

'Beerel had wel dood kunnen zijn!' gilde Merel daarom boos.

'Ze is hartstikke ziek,' zei Beer.
'Eikel!' riep Merel.
'Rotzak!' riep Beer.
'Oké, zo is het wel genoeg,' zei Merels vader.
'Mijn moeder had gelijk!' gromde Beer. 'Mannen die als een varken lachen hébben iets te verbergen.'
'Waarom heeft u Beerel gestolen?' vroeg Beer.
'Laat ik mezelf eerst even voorstellen,' zei Henk de Graaf zachtjes. 'Mijn naam is Martin Lodewijk Achterveld.'
Arie en Pim floten zachtjes.

'Dat maakt een...'

'... heleboel duidelijk,' zeiden Truus en Suus.

Salko zoog zijn adem naar binnen.

'De directeur van een van de grootste chemische fabrieken van het land,' fluisterde Merels vader, onder de indruk. 'Ik wíst dat ik u ergens van kende.'

'Maar dan heeft u zich knap weten te vermommen,' zei Arie brommend. 'Ik heb u niet herkend, terwijl ik uw foto toch vaak genoeg in de krant heb zien staan.'

'Ik heb mijn baard en snor afgeschoren en mijn bril voor lenzen verruild,' zei de directeur glimlachend.

'Maar dan snap ik nog steeds niet waarom u Beerel heeft gestolen,' zei Merel. Ze keek de directeur vragend, boos en wantrouwend aan.

De directeur haalde diep adem en zei toen: 'Ik heb Beerel gestolen, omdat ik testen op haar wilde uitvoeren.'

Merel geloofde haar oren niet. 'WAT?'

Beer keek de man vol afschuw aan. 'WAAROM?'

'De laatste tijd is mijn fabriek een paar keer negatief in het nieuws geweest. Mensen zeggen dat er de afgelopen jaren veel zeehonden zijn doodgegaan door de chemische stoffen van mijn fabriek. Ze willen de fabriek zelfs laten sluiten om zo de zeehonden in de Waddenzee te helpen,' zei de directeur geëmotioneerd. 'Dat kan ik toch niet laten gebeuren? Die fabriek is mijn levenswerk.'

Niemand antwoordde. Zwijgend staarden ze naar de directeur, die met een verdrietig gezicht terugkeek. 'Weet je, ik ben geen zeehondenhater. Ik maak alleen spullen die mensen gebruiken.'

'Ja, ja, dat verhaal ken ik. Jullie maken die spullen zo goedkoop mogelijk. En je hoopt zo veel mogelijk te verkopen om zo veel mogelijk te verdienen. Maar soms lekt er weleens een zeer giftig spulletje uit die fabrieken het water in,' zei Merels vader boos.

De directeur reageerde daar niet op. Hij ging verder met zijn eigen verhaal. 'Ik bedacht een plan om de fabriek niet te hoeven sluiten. Ik wilde weten of de zeehonden in de Waddenzee chemische afvalstoffen van mijn fabriek in hun lichaam hebben. Ik ben er zeker van dat het niet de stoffen uit mijn fabriek zijn die ongezond zijn voor de zeehonden, en dat wilde ik bewijzen. Alleen, daar had ik wel een zeehond voor nodig.'

'Waarom zo ingewikkeld? U kunt toch gewoon een beetje zeewater in een buisje doen en dat testen?' zei Salko.

De directeur schudde zijn hoofd. 'Ik wilde de testen op een levend dier doen.'

'Wat een flauwekul,' zei Merels vader brommend.

Merel en Beer waren het met hem eens en herhaalden het: 'Flauwekul!'

'U had beter een vis kunnen vangen,' zei Salko.

De directeur keek hem glazig aan. 'Wat bedoelt u?'

'U weet toch wel dat als die chemische stoffen van u in een zeehond zitten, ze ook in vissen te vinden zijn? U weet hopelijk ook dat alles in zee als een ketting aan elkaar vastzit?'

Beteuterd staarde de directeur naar zijn voeten.

'Chemische afvalstoffen komen in het zeewater terecht. In dat water leven kleine zeediertjes en algen, die deze afvalstoffen binnenkrijgen. De vervuilde zeediertjes en algen staan weer op het menu van grotere dieren, die zo ook die stoffen binnenkrijgen. De grotere zeedieren zijn voedsel voor bijvoorbeeld vissen. De vervuilde vissen worden op hun beurt opgegeten door de zeehonden, die dan ook afvalstoffen binnenkrijgen. En dat is niet gezond voor ze. Dus snapt u me nu als ik zeg dat u beter een vis had kunnen vangen?'

De directeur slikte. 'Eh... zo had ik het nog niet bekeken, maar het klinkt wel logisch.'

'Dan had u iedereen een hoop ellende bespaard,' klonk ineens de stem van Arie.

'U gaat met ons mee naar het bureau om een verklaring af te leggen,' zei Pim.

'Wacht, ik heb nog een vraag,' zei Merel.

Allemaal keken ze Merel vol verwachting aan.

'Hoe heeft u Beerel mee kunnen nemen?'

'Ja, dat wil ik ook graag weten,' reageerde Salko meteen. De directeur staarde naar de horizon, waar de veerboot nog als een klein stipje te zien was. Hij zuchtte. 'Het was niet zo moeilijk om het slot van de toegangspoort open te krijgen.'

Merel herinnerde zich dat de poort inderdaad niet afgesloten was geweest. Ze had toen gedacht dat er al iemand van het personeel aanwezig was en had er verder niet bij nagedacht.

De directeur vertelde zuchtend verder. 'De deur van de quarantaineruimte was helemaal niet op slot. Ik ben naar binnen gegaan, heb die zeehond opgepakt en in een grote, zwarte tas gedaan voor het geval ik toch iemand op weg naar het parkeerterrein tegen mocht komen. In de camper heb ik haar meteen uit de tas gehaald en in het zwembadje gezet. Dat had ik al klaargezet. Voorzichtig ben ik naar de camping teruggereden. Ik wilde de eerste boot naar het vasteland pakken, maar ik kreeg 's ochtends mijn motor niet aan de praat. Nou, de rest weten jullie!'

'Goed, dan neem ik u nu mee naar het bureau! Dan mag u ons daar nog eens uw verhaal vertellen,' zei Arie en hij trok Martin aan zijn arm met zich mee.

'Dat lijkt me een uitstekend idee. Dan breng ik Beerel terug naar Ecomare,' zei Salko. 'Gaan jullie mee?'

Dat hoefde hij geen twee keer te vragen.

'Het komt allemaal...'

'... goed!' maakte Beer lachend Merels zin af. Merel proestte het uit.

Tijdens de autorit staarden Salko, Merel en Beer zwijgend voor zich uit. Alleen Beerel liet zich af en toe horen door huilende geluidjes te maken.

'Salko,' begon Merel vlak voordat ze het terrein van Ecomare bereikten, 'is de Waddenzee erg vervuild?' Merels buik voelde alsof er tientallen vissen alle kanten op schoten. Stel nou dat de Waddenzee zo erg vervuild was dat...

Maar Salko schudde zijn hoofd. 'Het gaat steeds een beetje beter met de Waddenzee. Vroeger, en dan praat ik over een jaar of tien, twintig geleden, was de zee veel erger vervuild. Zo erg dat mensen vonden dat er iets aan gedaan moest worden. Europese regeringen zijn toen bij elkaar gaan zitten en hebben strenge milieuwetten gemaakt. Zo mag je bijvoorbeeld geen giftige en gevaarlijke stoffen in de rivier laten lopen.'

'Maar er zijn hier toch helemaal geen rivieren?' vroeg Merel.

'Klopt, maar wist je dat als een fabriek in Duitsland giftige stoffen in de Rijn gooit, die stoffen dan uiteindelijk door de stroming in de Waddenzee terechtkomen?'

Merel en Beer schudden hun hoofd.

'Gelukkig gebruiken fabrikanten steeds minder stoffen die giftig en gevaarlijk zijn.'

'Gelukkig!' zei Beer.

'Gelukkig,' zei ook Merel.

'Hieeee,' huilde Beerel vanuit haar bak.

Happy Seal Meal

's Avonds was het feest. Een dubbel zo groot feest. Niet alleen was Beerel op tijd teruggevonden, ook de chef-kok had iets te vieren. Hij had namelijk zoveel inspiratie opgedaan dat hij een volledige nieuwe menukaart had bedacht. Alle z-gerechten stonden in het teken van de zalm en overige zzzeebeesten. En vanavond serveerde hij samen met zijn zoon de allereerste gerechten.
Merel keek het openluchtrestaurant rond. Het was een bont tafereel. Alle campinggasten waren uitgenodigd en gekomen, want eten in een echt sterrenrestaurant wilde natuurlijk niemand missen.
Zenuwachtig zat iedereen netjes gekleed aan de keurig gedekte tafeltjes. In het midden van ieder tafeltje stond een kandelaar met daarin een brandende kaars. Op de borden met een gouden randje lagen de kaartjes, waarop in sierlijke gouden krulletters 'In het Bijzondere Dier en Zoon – de campingeditie' stond.
Mevrouw Esdoorn, de dikke dame in het veel te kleine jurkje, zat aan dezelfde tafel als de oude man. Hij had zijn rieten hoed naast zich op een stoel gelegd. Onder het genot van een wijntje keuvelden ze over koetjes, kalfjes en veel te krappe jurkjes.
De linkerburen zaten tegenover de overburen, die bei-

den hun joggingbroek hadden verruild voor een nettere outfit.

Ook Carmen en haar vader waren uitgenodigd. Ze zaten aan tafel met een jongen. Hij kwam Merel bekend voor, maar ze moest even nadenken voordat ze wist wie de jongen met de knalrode blosjes op zijn wangen was. Toen hij zijn duim naar Merel opstak en breed grijnsde herkende Merel hem. Het was Johan, de piccolo. Blijkbaar vond Carmen hem toch leuker dan ze eerder had laten blijken. Glimlachend stak Merel ook haar duim op.

Truus en Suus zaten aan hetzelfde tafeltje als Arie en Pim. Ze kwebbelden aan één stuk door.

Aan de tafel naast Merel en Beer zaten Merels ouders met Teun en Salko. Ze waren druk met elkaar in gesprek. Merel hoorde haar moeder zeggen dat ze Henk nog wel zo'n aardige man had gevonden.

Merel en Beer waren de eregasten van de avond. Zij zaten aan een feestelijk versierde tafel, die in het midden van de andere tafels stond. Straks zouden de chef-kok en Wijnand ook aan deze tafel plaatsnemen. Dappere Dodo en Brok lagen onder de tafel. Ze hadden allebei een groot bot van de chef-kok gekregen en waren luidruchtig smakkend aan het knagen.

De heerlijkste geuren dreven uit de tent langs de neuzen van Merel en Beer en hun magen knorden. Behalve een appel-kaneelmuffin en de chocolade-rozijnenmuffin in het chique hotel vanmorgen hadden ze niets gegeten.

'Hé, je maag knort,' zei Beer.

'De jouwe ook!' zei Merel. 'Wat zegt jouw moeder over knorrende magen?'

'Dat je honger hebt,' antwoordde Beer, waarna ze samen hard moesten lachen.

Eindelijk kwamen de chef-kok en zijn zoon de tent uit.
De chef-kok had een langwerpige platte schaal in zijn
handen en Wijnand een halfhoge ovenschaal. Het zag er
prachtig uit.
'Aaahh,' riepen de campinggasten verrukt uit.
'Oooo,' riepen ze daarna.
'Jeetje, wat mooi!'

'Prachtig!'

Wijnand liep naar Merels ouders en zette daar de oven-schaal neer. Merel en Beer rekten hun nek uit om te kunnen zien wat het was. Ze grinnikten.

'De perfecte kaassoufflé,' legde de chef-kok in het voor-bijgaan met trots in zijn stem uit en hij gaf Merels moe-der een knipoog. Die bloosde van top tot teen.

Daarna liep hij door naar het tafeltje van Merel en Beer en zette de langwerpige platte schaal in het midden neer. Op de schaal lag een grote zalmpastei in de vorm van een zeehond.

'Ik presenteer jullie het Happy Seal Meal,' zei de chef-kok en hij gaf Merel en Beer een vette knipoog.

De zeehond keek inderdaad erg blij!

Bye bye, Beerel

Beer en Merel zaten in een waterig herfstzonnetje op het voordek van een grote boot. Ze waren op weg naar het Amsteldiep, een slenk, dat op ruim een uur varen van Texel lag. Er stond een stevige bries. Af en toe spatte er zeewater over de boeg omhoog, maar Beer en Merel merkten het amper. Ze waren met hun gedachten bij Beerel, die in een van de vijf grote, blauwe uitzetkisten op het achterdek lag.

Het was alweer drie maanden geleden dat Beer en Merel haar op het strand gevonden hadden en Salko haar daar was komen halen. Inmiddels was Beerel helemaal opgeknapt en aardig gegroeid. Ze hadden haar vanmorgen nauwelijks herkend. Ze was dikke en vette zeehond geworden en daarom kon ze terug naar de zee. Vandaag zou Beerel, samen met vier andere gewone zeehonden, worden vrijgelaten.

Merel, Beer en Merels vader waren vanmorgen in alle vroegte speciaal voor dit bijzondere en feestelijke moment naar Texel gekomen. Beer en Merel hadden zelfs vrij van school gekregen en al hun klasgenoten waren superjaloers. Merels moeder was met Teun, Dappere Dodo en Brok thuisgebleven. Teun was veel te klein om mee te gaan en de honden waren te wild.

Voordat Merel en Beer het wisten, stopte de boot met varen. Ze waren er. In de slenk, een geul waar eb- en vloedwater door stroomde. Hier mocht je als toerist en visser niet komen en daarom was het een ideale plek om de zeehonden uit te zetten. Zo konden ze rustig wennen aan hun hernieuwde vrijheid, de omgeving, het zeewater en dat ze zelf hun vis weer moesten vangen. Stuurman Bram had Merel en beer uitgelegd dat de zeehonden daar ongeveer een dag en een nacht voor nodig zouden hebben.

'We zijn er,' riep Salko naar Merel en Beer, waarna hij meteen doorliep naar het achterdek.

'Spannend, hè?' fluisterde Merel.

'Niet spannend, maar bijzonder,' antwoordde Beer.

'Ook! Kom, laten we kijken hoe het met haar gaat,' stelde Merel voor en ze sprong van haar zitplaats op een verhoging op het dek.

Nu het schip stil lag, deinde het flink heen en weer en ze moest haar best doen om rechtop te blijven staan. Met zwabberende benen bereikten Merel en Beer even later het achterdek. Daar was het een drukte van belang, want stuurman Bram, kapitein Jan en Salko waren bezig om de oranje rubberboot van het achterdek in het zeewater te hijsen.

Zodra het rubberbootje in het water dobberde, werd de blauwe uitzetkist van Beerel als eerste door de kleine hijskraan gepakt. Daar vloog Beerel in haar blauwe uitzetkist door de lucht. Met grote, zwarte ogen keek ze vanachter de tralies naar Merel en Beer, alsof ze daarmee wilde vragen wat er toch allemaal gebeurde. Haar kist werd in het rubberbootje gezet, waarna een tweede uitzetkist volgde en naast die van Beerel werd gezet.

'De volgende kisten haal ik zo op. Daar is nu geen plek meer voor. Willen jullie alvast mee?' vroeg stuurman Bram aan Merel en Beer. Dat lieten ze zich geen twee keer vragen en voor Bram het wist, klauterden ze over de reling en gingen boven op de twee uitzetkisten zitten. Ook Salko ging mee.

Bram startte de motor en voer voorzichtig naar het wad, waar hij een paar meter voor het droge gedeelte voor anker ging.

'Eh... maar hoe komen we nu op het wad?' vroeg Merel. Salko lachte. 'Klim maar op mijn rug, dan draag ik je ernaartoe.'

'Echt?'

Salko knikte en Merel klom snel op zijn rug, voor hij zich zou bedenken. En ook Beer kwam even later op dezelfde manier aan land. Beerel en de andere zeehond werden een voor een door Bram en Salko van het rubberbootje gehaald en op het wad gezet. Daarna voeren Bram en Salko terug naar de grote boot en bleven Beer en Merel achter. Het was best wel koud op het wad en om warm te blijven raapten ze schelpen van de grond, liepen heen en weer, knielden voor de kist van Beerel en schreven hun naam met de hak van hun schoen in het zand. Toen pas kwamen de anderen.

Het was een grappig gezicht: de vijf blauwe uitzetkisten die in een keurige rij naast elkaar op het wad stonden. Tot nu toe waren de zeehonden redelijk rustig geweest, maar nu ze daar zo stonden, schuifelden ze ineens onrustig heen en weer in hun kist. Eentje klauwde zelfs met zijn voorpoot een paar keer aan de tralies.

'Ze ruiken de zee,' zei Merel.

'En hun vrijheid,' voegde Merels vader daaraan toe.

Merel en Beer knikten.

Voordat iedereen naast een blauwe uitzetkist ging staan om de tralies tegelijkertijd weg te kunnen nemen, hurkten Beer en Merel nog eenmaal voor de kist van Beerel.

'Dag Beerel, pas goed op jezelf,' zei Merel.

'Ik heb gehoord dat je naar de Noordzee moet voor de dikke, vette vissen,' fluisterde Beer. 'Dus daar kun je het best meteen maar naartoe gaan.'

'Oké, is iedereen er klaar voor?' hoorden ze Salko roepen.

Merel en Beer stonden op en liepen ieder naar een kant van Beerels uitzetkist. Merels vader, Salko, de stagiaire en Bram stonden bij de andere vier kisten.

'Ik tel tot drie en dan mogen jullie de tralies omhoogtrekken,' riep Salko. 'Eén, twee, drie.'

Alle tralies gingen omhoog, en daar kwam de eerste zeehond al uit de kist. Hij keek een paar tellen om zich heen, bobberde toen snel over het wad naar de zee en verdween in het koude water. Algauw volgden drie andere zeehonden zijn voorbeeld. Even later staken vier zeehondenkoppen vanuit de golven omhoog.

Alleen Beerel nam de tijd om even aan de nieuwe situatie te wennen. Ze keek in het rond om het wad en de zee in zich op te nemen. Daarna maakte ze een rondje om de kisten, achter de kisten, in de richting van de zee, maar toen ineens... kwam ze terug en dook ze terug haar kist in.

'Hé, wat doe je nu?' riep Merel verbaasd tegen de zeehond.

'Ze wil terug naar Ecomare!' zei Beer.

'Ik werk nu al twintig jaar in Ecomare en heb al veel zeehonden uitgezet, maar dit heb ik nog nooit meegemaakt,' zei Salko met grote ogen.

'Je hebt haar gewoon veel te veel verwend,' zei Merels vader en hij begon hard te lachen.

Merel schoof ook de tralies aan de andere kant van de uitzetkist omhoog, zodat ze ook aan die kant naar buiten kon.

'Kijk, de andere zeehonden zijn er nog steeds,' zei Beer. Hij wees naar de zee, waar de andere vier zeehonden zwommen, zo nu en dan naar het strand kijkend.

'Ze wachten op Beerel,' zei Merel. 'Kom, Beerel. Daar is de zee.'

Het leek net alsof Beerel Merel begreep. Voorzichtig stak ze haar kop uit de kist en waagde toen de avontuurlijke weg naar de koude zee. Ze bobberde over het wad en verdween toen het water in.

'Bye bye, Beerel!' riepen Merel en Beer. Een tijdlang keken ze de vijf zeehonden na, tot ze uiteindelijk volledig uit het zicht verdwenen.

Over Ecomare

Maandenlang lag er een zeehond op mijn bureau. Geen echte natuurlijk, maar een witte knuffelzeehond met plastic snorharen, die ik ooit als klein meisje van mijn ouders heb gekregen. De witte zeehond lag daar ter inspiratie tijdens het schrijven van *De dierenpolitie – Op zoek naar de zeehondendief*, waarin vooral zeehond Beerel de hoofdrol speelt.

Maar ja, een knuffelzeehond met plastic haren was natuurlijk niet genoeg. En daarom pakte ik mijn koffers en vertrok voor een paar dagen naar Texel. Daar klopte ik aan bij Ecomare, de zeehonden- en vogelopvang, maar ook het natuurcentrum van Texel. Dierenverzorgers Salko de Wolf en Christinge Koersen ontfermden zich over mij en met hen mocht ik enkele dagen achter de schermen van Ecomare meelopen.

Een van hun vele taken in Ecomare is het verzorgen van de zeehonden die in Ecomare zijn binnengekomen en die er permanent wonen. Dit waren de taken waarin ik het meest interesse had, aangezien mijn boek over een gevonden huilertje gaat.

Ze lieten me zien hoe de zeehonden worden verzorgd, hoe de vis wordt bereid, hoe de bassins worden schoongemaakt, hoe zeehondenpoep eruitziet en vooral hoe die ruikt, hoe de zeehonden gevoerd worden en nog honderd andere interessante dingen. Ik heb Salko en Christine honderdduizend vragen gesteld (die zij vol geduld allemaal hebben beantwoord), heb urenlang rondgesnuffeld en heb kennisgemaakt met de drie adoptiezeehonden Karien, Rob en Rianne.

Maar de meeste tijd was ik te vinden bij de jonge zeehonden. Wat ontzettend schattig! En ik was niet de enige die daar zo over dacht: bijna iedereen die de kleine zeehonden zag, riep verrukt 'o', 'ah' en 'o, wat lief'. Ik ook!

Veel van wat ik achter de schermen bij Ecomare gezien en gehoord heb, heb ik gebruikt in *De dierenpolitie – Op zoek naar de zeehondendief*. Zoals het verhaal van de meeuw die één vis te veel heeft gepikt en achterna wordt gezeten door een zeehond.

Het waren mooie dagen en ik heb ontzettend veel geleerd! Graag wil ik Salko en Christine bedanken voor hun tijd, medewerking, uitleg over de opvang en zeehonden, en hun enthousiaste verhalen. Maar ook wil ik Henriëtte de Waal in dit verhaal niet vergeten en haar bedanken omdat ze me in contact heeft gebracht met Salko en Christine. Just van den Broek, de directeur van Ecomare, bedank ik, omdat hij me te woord heeft gestaan om me te vertellen waarom het zo belangrijk is dat zeehonden worden opgevangen.

Sophie Brasseur, marine mammalogist, bedank ik dat ze me heeft willen uitleggen waarom het niet vanzelfsprekend is om altijd maar zeehonden op te vangen.

Gina, Lindsay, Joyce, Samantha, Shanaya, Rajeev, Yura, Mike, Damian, Anouk, Kelly, Cèdric, Dylan, Ricardo, Amanda, Laura, Bo, Dave en Luca van de Antoniusschool in Nieuw-Vennep wil ik heel erg bedanken voor hun wijze ideeën. Zij vonden dat het tweede deel van *De dierenpolitie* over zeehonden moest gaan!

Tot slot wil ik in het bijzonder Anouk Gielen bedanken. Zij was de 'voorproever' van dit boek en heeft met zeer kritisch oog het verhaal gelezen en zo nu en dan van commentaar voorzien.

Victoria Farkas
Mei 2010

P.S. Kijk voor meer informatie op www.ecomare.nl en doe vooral Karien, Rianne en Rob de hartelijke groeten van me.